노래하는 대로
살고 싶었지만

노래하는 대로
살고 싶었지만

김효진 ⸺ 강지수 지음

좋아하는 일과 현실적 고민 사이에서 방황하는 우리들에게

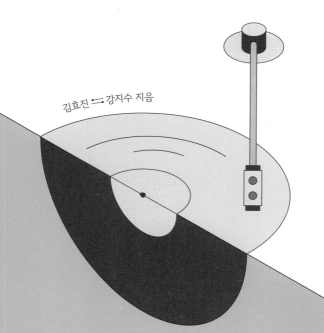

매일경제신문사

쉽지 않은 날들을 지날 때 존재만으로 위로와 힘이 되는 사람이 있다. 사적으로 어울려 놀았던 시간이나 편한 언행과는 상관없이, 깊은 소통과 공감이 이루어지는 관계. 두 작가의 관계가 그렇다. 오히려 친구로 시작한 관계가 아니기에 더 솔직할 수 있는 생각들이 이 책을 매력적으로 채우고 있다.

좀처럼 식지 않는 첫 꿈이 남긴 열병. 작가들은 끊임없이 그에 대해 생각하고 서로 나누며 살았다. 각자의 자리에서 성실히 쌓은 내공이 글에 가득 묻어 있다. 치열하게 뒤섞이는 내면의 폭풍을 뚜렷하고 따뜻하게 정돈해냈다.

책 속에 '좋아하는 일을 하는 사람들에게서 보이는 반짝거림'이라는 표현이 있다. 이 책을 읽는 내내 두 사람에게서 반짝임을 보았다.

– 선우정아(싱어송라이터)

세심하게 선곡한 음악을 배경으로 섬세하게 가다듬은 글을 듣는다. 그 글은 옆에서 노래하는 듯 리듬감이 있다. 목표를 향해 애쓰던 마음은 진정성 있는 가사가 되고, 새로운 방향으로 당당히 일어설 땐 역동적인 멜로디로 변신한다. 각각의 음악 장르는 다르지만 담겨 있는 대화는 낭만과 위로가 묘하게 뒤섞인 심야 라디오 음악 프로그램을 닮았다. 조금 더 듣고 싶고, 함께 꿈꾸고 싶어진다. 이들이야말로 이미 최고의 라디오 PD다.

– 김홍범(KBS 라디오 PD)

라디오 PD를 꿈꾸던 두 사람이 나누는 선의와 열망은 작품마다 허세인 척 숨기지 못했던 나의 가벼움과 생각없음을 한없이 부끄럽게 했다. 동시에 라디오란 참 좋은 것임을, 삶이란 진절머리 나도록 눈부시게 아름다운 것임을 상기시켜주어 고마웠다. 주제넘지만 허락된다면 두 분에게, 그리고 이 시대의 청춘들에게 윌슨의 목소리를 빌려 전하고 싶다.

"그동안 정말 잘 버티셨네-요. 오늘도 살아남으세요. 저도 살아남을게요."

– 윤성현(KBS 라디오 PD)

불확실을 버티는 우리를 위하여

2020년 가을, 내가 가장 관심을 두고 읽은 토픽은 20대 여성 자살률에 관한 것이었다. 코로나로 인해 안 그래도 심각했던 취업난이 더 심해지고, 직업이 있는 여성들의 안정성도 크게 흔들렸다. 한 일간지 기사에서는 2020년 상반기 20대 여성 자살률이 전년 대비 43퍼센트 늘었다고 했다. 미디어는 이를 두고 '조용한 학살'이라고까지 일컬었다. 눈에 밟히는 기사들을 보면서 20대 여성인 나도 옅게나마 동의했던 것 같다. 이렇게 사느니 죽는 게 나을지도 모르겠다면서.

큰 실패를 겪은 것도 아니었다. 그런데 살고 싶지 않

았다. 정확하게는 어떻게 살아야 할지 몰랐다. 당장 죽을 마음은 들지 않았지만, 열심히 살 의지가 사라졌다. 라디오 PD 공채 시험에 떨어진 지 얼마 지나지 않은 때였다. 오랜 꿈이 나를 받아주지 않는 상황에서, 하고 싶은 걸 할 수 없는 상황에서 이제 어떻게 살아야 할까. 이런 생각만 머릿속에 떠다녔다.

나는 PD가 되고 싶었다. 정확하게는 공채 PD가 되고 싶었다. 열두 살 때부터 한 번도 꿈이 바뀐 적 없다. 이상하게도 PD라는 단어는 내 마음을 쥐고 흔들었다. 아직도 뚜렷한 이유를 모르겠다. 어린 나이에도 PD라는 직업이 '내 것'을 기획하고 창작해내는 일이란 걸 직감했던 걸까. 단순히 카메라와 비디오를 들고 교내를 돌아다니는 걸로는 PD라는 직업을 다 판단할 수 없었을 텐데, 그것도 열두 살짜리가.

그 뒤로 예능을 할까, 라디오를 할까, 같은 미미한 정도로 꿈이 바뀌긴 했지만 나는 알고 있었다. 내 마음은 라디오를 향하고 있다는 걸.

그런데 2020년 가을, 나의 꿈은 산산이 조각나고 말았다.

당사 채용에 관심 가져주시고 지원해주신 점 감사드립니다.

유감스럽게 이번 기회에는 모시지 못하게 되었습니다.

비록 이번 기회에는 모시지 못하였으나 차후 좋은 기회
에 다시 뵙기를 기원합니다.

감사합니다.

**불합격 화면을 오래도록 바라봤다. 꿈을 포기하라는
각서를 건네받은 기분이었다.**

각 서

16년간 꿈꿔왔는데 안 된다면
라디오 PD에 적합한 인물이 아니란 뜻입니다.
공채 PD 준비를 그만두길 바랍니다.

김효진 (인)

앞으로 어떻게 살아야 할지 길을 잃은 것만 같았다.

그래도 살아야 한다. 이렇게 결심하고 나니 자연스레 '인생 롤모델'을 찾아야겠다는 생각이 들었다. 누군가라도 따라 해봐야만 할 것 같았다. 상황을 타개할 방법은 그것뿐이라고 판단했다. 롤모델로 삼을 만한 사람을 찾기 위해 온갖 인터뷰를 뒤졌다. 검색 조건은 딱 한 가지, 여성일 것. 여성으로서 무언가를 일군 사람들의 인생을 알고 싶었다.

하지만 그 마음은 그리 오래가지 않았다. 그들의 이야기에 공감되지 않았기 때문이다. 미디어에서 조명하는 여성들은 모두 비범했다. 사회가 일러준 길을 따르지 않고 남다른 길을 걷고 있는 사람들이었다. 이를테면, 대학 입학을 거부하거나 대학 졸업 후 취업이 아닌 창업을 선택해 자기만의 사업을 일군다거나 스펙이 '넘사벽'이어서 남들보다 빠른 길을 걷고 있다거나. 평범하게 고등학교를 졸업한 후 평범하게 대학교를 나와 평범하게 취업 준비를 하고 있는, 적당한 스펙의 무경력 백수로 몇 년을 소비한 나에게는 그들의 말이 모두 이렇게 들렸다. 넌 틀렸어.

"그래서 우리 또래의 보통 여자들은 다 어떻게 산대요? 아무리 찾아봐도 알 수가 없네."

메시지를 나누던 지수 씨에게 질문 같은 푸념을 늘어놓았다. 내 말에 지수 씨가 답했다.

"우리 팟캐스트 해볼까요? 궁금한 이야기들 다 모일 수 있도록요."

지수 씨의 제안은 경쾌한 신호탄 같았다. 꼭 해야 한다는 신념과 하고 싶다는 열망 같은 걸 양손에 쥐고 마구 뛰어야 할 것만 같았다. 빠른 시일 내에 원하는 결과물을 척척 내놓을 수 있을 것 같다는 확신도 들었다. 우리는 둘 다 라디오 PD 지망생이(었)고, 같은 스터디에서 매주 라디오 프로그램 기획안을 휘갈긴 이력이 있으니까. 팟캐스트는 그런 우리가 가장 빠르고 쉽게 만들 수 있는 콘텐츠 형식이었다.

가장 먼저 떠올린 기획 형식은 인터뷰였다. '인터뷰 콘텐츠를 팟캐스트로 선보인다.' 이 문장을 머릿속에서 꾸준히 굴렸다. 그러자 우리의 목표를 더 확장시킬 수 있겠다는 생각이 들었다. 여성들의 자살률이 높아지는 건 우울감이 커서일 테고, 우울감이 커지는 건 기댈 수 있는 사람이 없어서다. 기댈 수 있는 사람이 없다는 것은 같이 연결되고 얕게나마 공감할 수 있는 이야기나 사람을 찾지 못했기 때문이다. 그러니 20대 후반과 30대 초반을 지나는 보통의 여성들 이야기를 모아 널리 알리면, 여성들이 손잡을 수 있는 어떤 커뮤니티를 형성할 수 있지 않을까 싶었다.

그렇게 세부적인 계획을 조금씩 세워보기 시작했다. 인터뷰 주인공은 20대 후반에서 30대 초반의 여성일 것, 매주 새로운 여성이 나올 것, 그들의 직업 현황을 듣고 20대를 지나오며 바뀐 것들이 무엇인지 집중할 것, 스스로가 정의하는 자신의 모습과 삶을 '버티게' 하는 요소들에 대해 들어볼 것, 조금씩 더 많은 여성들을 모아 공통적으로 품고 있는 불안감을 해소할 것.

우리와 같은 보통의 여성들이 살아온 이야기를 들으며 '그래, 내일 하루만 더 살아보자' 하고 가벼운 마음을 품을 수 있지 않을까 싶었다. 먼 미래를 겨냥한 원대한 목표보다는 당장, 지금, 오늘의 이야기를 통해, 내일을 살게 하는 연료 같은 말들을 통해.

그런데 내겐 명분이 없었다.

"안녕하세요, 저는 김효진입니다. 당신의 이야기를 듣

고 싶은데, 저에게 당신의 사적인 이야기를 들려주시겠어요?"

이렇게 말할 때 내 이름 '김효진'을 수식할 만한 무언가가 없었다는 말이다. 나는 누구지? 라디오 PD를 꿈꿨던 사람? 그렇게 날 소개하기엔 영 부족한 것 같다.

그럼 나는 누구지? 음악 감상실에서 2년 가까이 일했던, LP를 좋아하고 음악을 사랑하는 사람? 이것도 아닌 것 같다. 공채 시험 준비한다고 음악 감상실 아르바이트를 관둔 지 오래니까. 그렇다면 나는 진짜 누구지? 의심할 것도 없이 명확했다. 그냥…… 백수.

아무것도 가진 게 없는 낯선 나에게 사람들이 편히 이야기를 털어놓을 리 없었다. 그렇다면 어떻게 해야 할까? 나는 이 거대한 의문을 해결하고 싶었다. 자연스레 내가 친근감을 느끼는 사람들에 대해 떠올려봤다. 그들에겐 공통점이 있었다. 가치관이 뚜렷하고 그걸 솔직하게 드러내는 사람. 그러니까 자기 이야기를 먼저 꺼내놓는 사람.

내 얘기를 먼저 해야 한다. 명쾌한 결론이 났다. 그래서 글을 쓰기로 했다. 간결한 결심과 함께 글의 형식도 곧장 떠올랐다. 우리의 솔직함이 묻어나면서도 우리 둘을 한

번에 엮어낼 수 있는 교환 일기 형식.

이 책은 그렇게 탄생했다. 나와 같을, 죽지 않고 살아 있는 보통의 여자들의 이야기를 듣기 위해서. 우리 같이 살자고 말하기 위해서.

2022년 봄 김효진

. . . . .

나는 진지한 이야기를 나누길 좋아한다. 그러나 같은 직장에서 일하는 사람들과 그런 이야기를 나누는 건 왠지 겸연쩍다. 하루 중 가장 많은 시간을 같이 보내며 내 말도 안 되는 실수나 빈틈을 목격하는 사람들이라서. 그들 앞에서 성숙한 사람인 양 "나는 말이야" 하고 운을 떼우는 건 어딘가 맞지 않게 느껴졌다.

여러 생각이 뒤엉킬 때 출근은 꽤나 괜찮은 안정제가 되어주었다. 직장은 우리가 일터 밖에서 끌고 온 어둠이 자취를 감추는 곳이기 때문이다. 그러나 가끔은 궁금했다. 직장에서 마주치는 나의 동료들이 정말 괜찮은지.

방송국에서 프리랜서로 일할 때 만난 친구들은 모두 활기찼다. 한 치의 의심도 불안도 없이 열정만 담고 있는 사람들같이 비춰졌다. 그 어려운 방송국 막내라는 역할을 척척 수행해내는 친구들을 볼 때면, 때때로 거리감이 느껴지기도 했다.

이상하리만치 서로의 속내를 터놓지 못한 채 우리는 흩어졌다. 그렇게 1년이 지난 뒤 방송국에서 함께 일했던 또래 친구와 오랜만에 만나 술 한잔을 할 일이 있었다. 친구는 그날 무척 차분한 얼굴을 하고 있었다. 팀의 분위기를 띄운다며 항상 높았던 목소리도 세 톤 정도는 낮아져 있었다. 그게 친구의 본래 모습이었던 것처럼. 그간 묻어뒀던 많은 이야기를 나눈 뒤 친구는 영화 한 편을 추천해주었다.

"〈벌새〉 봐봐. 정말 좋아. 이 영화 보면서 펑펑 울었어. 너도 좋아할 거야."

솔직히 놀라웠다. 때론 이기적이게 보일 정도로 똑 부러졌던 친구도 영화를 보며 펑펑 운다는 사실이. 다음 날, 나는 혼자 독립영화관을 찾았다. 그리고 영화를 보는 내내 연신 훌쩍였다.

영화가 끝난 뒤, 계속 객석에 앉아 엔딩 크레딧이 올라가는 것을 바라보았다. 문득 알 것 같은 기분이 들었다. 친구가 왜 영화를 보고 훌쩍였는지를. 우리는 멀찍이 서 있는 듯 보였지만 마음속에 같은 어린아이를 품고 있었다. 같은 고민으로 아파하고, 같은 어른의 존재를 꿈꿨다. 서로 드러내지 못했을 뿐, 우리는 방송국에서도 비슷한 이유로 웃고 울었을 것이다.

한 인물의 이야기가 멀찍이 떨어져 있던 사람들을 가까이 묶어줄 수 있다는 사실을 깨닫자 막연한 기대와 궁금증이 일었다. 그렇다면 내 이야기도 누군가에게 공감받을 수 있을까? 누군가에게 위로를 주고 서로를 묶어줄 수 있을까? 누구에게도 말하지 못했던 이야기를 꺼내도록 만들 수 있을까?

마침 효진 씨도 비슷한 시기에 나와 같은 고민을 하고 있었다. 그때 나는 언론사 지망생으로서는 다소 상투적인 아이디어를 하나 구상해냈다.

"우리, 팟캐스트 해볼까요?"

뜻밖에도 효진 씨는 이 제안을 매우 반겨주었고, 여러 논의 끝에 교환 일기를 써보자는 결론에 이르렀다. 이후

효진 씨가 그의 장점인 추진력을 200퍼센트 발휘하면서 하나의 아이디어에 그쳤던 것이 실제 글로 완성될 수 있었다. 이 책이 세상에 나올 수 있었던 것에는 효진 씨의 성실함과 열정이 8할은 차지할 것이다.

직접 쓰고 말하면서 세상에 더 많은 목소리가 나왔으면 좋겠다고 생각한다. '꿈을 가졌지만 이루지 못함'이라는 짧은 한 줄의 서사에 스스로를 가두던 시기는 자연스럽게 지나갔다. '실패'라는 커다란 문 뒤에 새로운 날들이 펼쳐진다는 것을 이 기록은 말해주었다.

우리의 이야기는 매일매일 이어진다. 그래서 우리는 더 길게 이야기해야 한다. '포기'나 '실패' 같은 납작한 단어들이 우리를 짓누르지 않도록 말이다.

2022년 봄 강지수

CONTENTS

안 돼요, 끝나버린 노래를 다시 부를 순 없어요

삶은 매일 방송되는 라디오 같은 것

나와 닮았지만 닮지 않은 친구

ㅎㅈ 눈이 정말 크다고 생각했다. 약간 부스스한 모습이었던 것 같기도 하고, 어딘가 바쁜 모양새였다. 뭐, 취업 준비생은 응당 누구보다 바쁜 존재이니 정말 열심히 사는 '언시생(언론고시생)'이구나 생각했다. 그러던 차에 그가 입을 열었다.

"저는 강지수이고, 지금 라디오 프리랜서 조연출로 일하고 있어요."

우리가 처음 만난 자리는 라디오 PD 지망생만 모인 스터디 모임이었다. 그런데 벌써 프리랜서 조연출로 일하고 있다니! 지수 씨의 자기소개를 듣자마자 내 잔잔한 머릿속에 '풍덩' 하고 큼지막한 돌이 떨어져 파동을 일으켰다. 당시의 나는 라디오 PD가 되는 길은 오로지 공채 하나뿐이라고 생각했기 때문이다.

그래서 내게 지수 씨는 왠지 선배 같고 현직자 같았다. 스터디원 중에 가장 먼저 '공채 합격'이라는 단어를 쥘 사람이라는 생각도 들었다. 내가 예상하지 못한 방법으로 라디오 스튜디오 안에 먼저 들어가 있는 사람이니만큼 라디오에 대해서 누구보다 열정적일 것이란 판단에서였다. 종종 지수 씨가 라디오 프로그램의 코너나 게스트, 디제이에 대한 이야기를 할 때면 그런 생각이 점점 더 커지곤 했다.

무엇보다 지수 씨는 감성적인 사람이었다. 우리는 매주 필기시험을 대비한다는 명목으로 서로의 글을 읽었다. 지수 씨가 쓴 글은 항상 물기를 한껏 머금은 느낌이었다. 차분하게 가라앉은 새벽 공기를 머금은 이슬이나 비오는 날의 물방울 같은. 지수 씨가 좋아하는 음악들도 대부분 그런 분위기였다. 더군다나 지수 씨가 조연출로 일하고 있는 프로그램은 심야 시간대에 방송되고 있었다. 지수 씨의 감성은 프로그램의 성향과 라디오라는 매체와 맞물려 나의 짐작과 예상을 점점 더 크고 단단하게 만들었다.

그런 지수 씨는 나와 닮은 점이 많은 사람이었다. 우리는 (퍼센티지는 조금 다르지만) MBTI도 같았고, 대학교에서 미디어를 공부했다는 점과 프랑스어를 공부한 이력이 있다는 점까지 같았다. 더군다나 우리는 둘 다 라디오 PD를 꿈꾸고 있었고, 어릴 적 좋아하던 음악들도 큰 교집합을 이루었다. 그래서 대화도 잘 통했다.

언젠가 한 번, 메시지를 나누다 지수 씨가 이런 말을 보내왔다.

라디오를 하고 싶단 건 뭘까? 뭘까 그건?

혼잣말 같은 거였다. 내가 답했다.

저도 그런 고민해요. 본질을 알아야 직성이 풀리는 느낌.

지수 씨가 크게 동의한다는 듯 마구 웃으며 답했다.

맞아요, 본질! 역시네요.

그래서 지수 씨가 경제지 기자 모집 공고에 합격했다고 했을 때 축하하면서도 조금 염려하며 물었던 것 같다. 괜찮겠느냐고. 금방 그만두지 않을까 생각했다. 내가 그렇듯이 지수 씨는 좋아하는 일을 하지 않으면 안 될 사람처럼 보였다. 그러나 지수 씨는 쉽게 그만두지 않았다. 아주 자주 피곤에 찌들고, 아주 가끔 일에 허탈감이 든다고 했지만, 성실히 회사에 출근하고 기사를 썼다.

　　그때부터 나는 지수 씨를 이렇게 정의했다. 주어진 현실을 부정하지 않고 꿋꿋이 하루를 굴리는 사람. 주변을 살피지 않고 세차게 달려 활활 타오르는 불길을 만드는 나와는 달리, 제자리에서 주변을 품으며 자신이 가진 이슬로 꽃을 피우고 해를 띄워 봄을 맞이하는 사람.

　　지수 씨는 나와 닮았지만, 닮지 않았다. 그래서 지수 씨에게 자주 속내를 꺼내 보인다. 같은 방식으로 생각하되 다른 결론을 내니까. 대개 나에게 좋은 쪽으로다.

　　내 삶을 다른 쪽에서 받쳐주는 친구가 있기에 나는 쉽게 무너지지 않는다.

당신은 내가 어릴 적 되고 싶던 사람

ㅈㅅ 효진 씨를 처음 만난 건 신촌의 한 스터디룸에서였다. 방송국 라디오 PD 공채 시험을 위한 스팟 스터디 모임에서. 스팟 스터디란 매주 만나 일정한 과제를 하는 모임과는 달리 시험 직전까지 2~3주 동안 필기를 돌려보고 상식 공부를 하다가 시험이 끝나면 흩어지는 모임이다.

첫날 효진 씨는 우리 중 가장 늦게 도착했다. 첫인상은 다소 냉정해 보였지만, 조금 지나고 나니 늘 '드립'을 장전하고 어떤 말에도 휙휙 웃긴 말을 내뱉는 사람이라는 걸 알게 되었다. 방송이나 엔터테인먼트 업계와 관련한 온갖 얘기들을 가장 빨리 꿰고 있는 사람이기도 했다. "이거 알아?" 하고 물으면 의심의 여지없이 원하는 대답을 해줄 것 같은 사람, 내가 생각하는 PD의 모습을 하고 있는 사람이 효진 씨였다.

우리 스터디는 스팟 스터디가 끝나자마자 바로 정규 스터디로 전환되었다. 전장에 동료가 생긴 것처럼 마음이 든든했다. 언시생 중에서도 라디오 PD 지망생은 드물다. 랜덤 미팅과 다름없는 스터디에서 좋고 멀쩡한 사람을 만나는 일도 쉽지 않다. 우리는 선의의 경쟁자이자, 매주 같이 으쌰으쌰 하며 비슷한 고민을 나누고 의지할 수 있는 동지였다. 그런 관계를 찾은 것에 나는 뿌듯했다.

첫 모임에서는 가장 늦게 얼굴을 비췄지만, 알고 보니 효진 씨는 모든 과제를 한 치의 지연 없이 가장 정확하게 해오는 사람이었다. 우리는 수업에서 쓴 글을 돌려가며 읽고, 다음 시간까지 퇴고본을 써오는 식으로 작문 커리큘럼을 진행했다. 당시 라디오에서 일하고 있다는 핑계로 종종 퇴고본을 대충 쓰거나, 쓰지 않고 벌금을 내곤 했던 나와는 달리 효진 씨는 늘 또박또박 눌러쓴 퇴고본을 제출했다.

효진 씨는 정확하게 집중하고 있었다. 공채에 합격하기 위해 필요한 것이 무엇인지 부지런히 알아보고, 불필요한 것들을 쳐내면서 글을 쓰고 고쳤다. 애쓴다는 느낌보다는 이걸 정말로 좋아하는구나 하는 분위기가 전해졌다. 좋아하는 것을 부지런히 하고 있다는 감각이 느껴졌다.

글 쓰는 모임이 가진 오묘함이 있다. 당시 스터디원들은 모두 명확한 성장을 위해서는 서로 적당히 거리를 두는 게 좋다고 동의했고, 그래서 서로를 '-님'이라 부르고

존댓말을 썼다. 그런데 매주 라디오 PD 시험에 출제될 만한 소재로 작문을 하다 보면 꼭 자신의 이야기를 넣은 에세이 한 편쯤은 나오게 마련이다. 종종 우리는 내밀한 이야기를 써야 했다. 글을 읽고 피드백을 할 때면 다른 사람의 글을 읽는 것처럼 거리를 두어야 했지만, 우리는 글을 통해 서로를 조금씩 이해할 수 있었다.

친하지 않아도 서로의 깊은 속내를 들여다보는 관계를 이해할 수 있을까? 각자의 과거라든가 상상력, 관점, 어투 같은 걸 면밀히 들여다보는 행위를 몇 번이나 반복하는 그런 관계.

효진 씨의 글은 늘 뚜렷했다. 첫 문장부터가 달랐다. 글은 태도를 닮는다고 효진 씨는 늘 과감하게 쓰는 만큼 과감하게 생각했다. 어떤 관습에도 얽매이지 않고 또렷하게 생각하거나 또렷하게 하루하루를 이끌어나가려는 의지가 엿보였다.

어찌 보면 나는 효진 씨와 대척점에 서 있는 사람이다. 늘 또렷한 효진 씨와 물러터진 내가 어떻게 친해졌는지는 잘 떠오르지 않는다. 다만 언젠가 스터디를 마치고 곧장 집에 가는 대신 효진 씨와 어울려 떡볶이나 국수를 같이 먹었던 기억은 있다. 때론 스터디룸이 있던 홍제 근처의 경양식 집에 가서 나름의 사치를 부리기도 했다. 우리는 스터디원이라는 공적 관계의 벽을 허물고 조금씩 가까워졌다.

나는 1호 합격자로 스터디를 떠났다. 라디오 PD나 음악 관련 일이 아니라 경제지 기자가 되었단 합격 통보를 할 것이라고는 그 누구도 상상하지 못했지만 말이다. 효진 씨는 언론고시 커뮤니티에 글을 올리고 새로운 멤버를 충원했다. 늘 그렇듯 효진 씨는 공채 준비에 최선을 다했고, 나는 새로운 세계에 접어들었다.

우리는 내가 기자로 일을 시작한 이후에도 자주 만났다. 효진 씨는 잘 들어주는 사람이다. 현직자가 된 나는 한동안 지망생이었던 효진 씨에게 심적으로 크게 의지했다. 라디오 PD를 꿈꾸던 나를 누구보다 잘 알고 있는 효진 씨는 내가 직업적인 고민을 토로하면 "하고 싶은 일을 해요"라고 조언해주었다. 사실 효진 씨의 확신에 찬 말이 부담스럽게 느껴졌던 날도 있었다. 그 말에 당장 회사를 뛰쳐나올 것은 아니었지만, 내가 스스로를 잃지 말라는 말을 필요로 하고 있다는 걸 효진 씨는 잘 알고 있는 듯했다.

그냥 하는 말이 아니었다. 효진 씨는 실제로 그렇게 살고 있었으니까. 어느 날, 효진 씨는 내게 웹진에서 음악 평론을 쓰기 시작했다는 소식을 전해왔다. 그때 이런 생각을 했다. 아, 효진 씨는 내가 살고 싶었던 삶을 살아가고 있구나. 마치 어릴 적 내 꿈을 '복사–붙여넣기' 한 것 같은 모습.

그 말을 전해들은 날은 어느 금요일 저녁이었다. 퇴근 후 같이 에무시네마에서 〈찬실이는 복도 많지〉를 보고 언덕을 걸어 내려오는 길이었다. 효진 씨가 말했다.

"저는 좋아하는 것에 집중할 수 있는 지금이 좋아요."

나는 적당히 대꾸할 만한 말을 찾지 못했다. 그 말에 나를 비추어보면 스스로에 대한 생각이 많아질 것 같아서였다. 그 와중에도 상대를 응원하는 마음이 먼저 솟아올랐다. 효진 씨는 내가 아는 친구 중 가장 멋진 사람이었으니까. 효진 씨는 가장 용기 있게 부딪치는 사람이었고, 불안이나 고민을 정면으로 바라보면서 성큼성큼 걸어가는 친구였다. 그 앞에서 꿈을 좇지 않는 내가 좀 작게 느껴지면 어떤가. 이런 친구를 얻었으면 됐지.

그날 밤, 나는 효진 씨를 떠올리며 이런 글을 적었다.

길을 만들어가는 사람들이 잘됐으면 좋겠다. 마음속에 용기를 한 가득. 그 용기가 내 삶에 스며들어오기를. 그리고 어디서든 내가 누구인지 잊지 않고 기억하기를.

안 돼요, 끝나버린 노래를
다시 부를 순 없어요

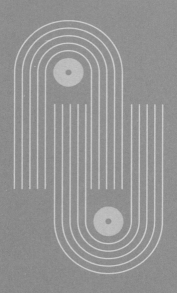

김효진은 오랜 꿈인 라디오 PD를 포기하고 프리랜서 PD로 일을 시작한다. 이전부터 쓰고 있던 평론 일도 놓지 않아 얼떨결에 '투잡러'가 되었다. 강지수는 2년 차 경제지 기자. 그 전에 하던 일은 라디오 작가였다.

넌 나의 나의 마지막 내 마지막 첫사랑

○ NCT DREAM 〈마지막 첫사랑〉

ㅎㅈ 저는 첫사랑이 없어요. 조금 자만스러운 말인가요? 분명 연애도 해보았고, 누군가를 좋아해보기도 했는데, 그때 그 마음이 사랑이었는지 단순히 어린 치기였는지 아직 헷갈려요.

그래서 누군가 내게 "첫사랑이 누구야?"라고 물으면 잘 모르겠어요. 처음 내 손을 잡았던 열다섯 살 남자아이를 말해야 하는 건지, 농구를 잘했던 열아홉 살 그 애를 말해야 하는 건지, 아니면 스물하나에 만나 오래도록 질긴 인연을 이어왔던 그 아이의 이름을 대야 하는 건지. 왠지

지수 씨도 그럴 것 같아요.

초록창에 '사랑'을 쳐봤더니 이렇게 나오더라고요.

어떤 사람이나 존재를 몹시 아끼고 귀중히 여기는 마음.
또는 그런 일.
어떤 사물이나 대상을 아끼고 소중히 여기거나 즐기는
마음. 또는 그런 일.

처음 그런 마음을 느끼게 해준 게 뭐가 있지 생각하면,
역시나 라디오예요. 지수 씨한테 말했는지 모르겠어요. 저
는 열 살 때부터 매일 라디오를 들었거든요.

라디오를 듣게 된 계기는 단순했어요. 좋아하는 배우
김정화가 DJ를 맡아서예요. 김정화 아시죠? 시트콤 〈논
스톱〉에 나왔던. 저는 그때 세상에서 김정화가 제일 예쁘
다고 생각했어요. 극 중 역할이 정말 털털하고 멋있었잖
아요. 제가 생각하는 20대 여자의 모습이 딱 그랬어요.

그런 김정화의 목소리를 듣겠다고 집에 있던 카세트
플레이어의 안테나를 쭉 빼들고 주파수를 맞췄던 기억
이 아직도 생생해요. 아마 〈논스톱〉을 보고 나면 대충 라

디오 할 시간이라서 바로 방으로 들어가 라디오를 틀었던 것 같아요.

그 어린 나이에 라디오가 왜 그리 매력적으로 느껴졌는지. 보이지 않는 게 보이는 것만 같고, 디제이와 게스트가 웃으면 몇 배로 더 웃겼어요. 사연이 흐르고 나지막이 모습을 드러내는 노래들까지 내 귀를 홀렸죠. 이러니 어떻게 마음을 안 줄 수 있었겠어요. 그래서 매일 라디오를 켜고, 또 켜고 했어요. 속절없이 빠지고 말았죠.

라디오 PD를 하겠다고 마음먹은 것도 꽤 쉬운 일이었어요. 학창 시절 방송부 활동을 통해 맛본 방송의 맛은 방송국에서의 일을 꿈꾸게 했어요. TV보다는 라디오를 더 사랑했으니 당연히, 어떤 정해진 수순처럼 자연스럽게.

그때 제 생각은 이랬어요. 대학에 가면 무조건 미디어를 전공한다, 방송국 PD들은 모두 학벌이 좋으니 최대한 좋은 대학에 간다, 만약 성적이 좋지 않게 나온다고 해도 전공은 미디어로 한다.

라디오를 듣다 흘러나온 광고 멘트를 적어둔 메모도 생생하게 기억나요. "라디오는 제 친구예요." 라디오 채널 광고 같은 것이었는데, 그 말이 얼마나 마음에 콕 박히던지요. 라디오는 그냥 친구를 넘어 평생 함께할 나의 메이트이기를 바랐어요.

이렇게 해서 결국 라디오 PD가 되어 방송국에 다니고 있답니다, 짜잔! 이러면 참 감동적인 스토리일 텐데, 아시다시피 전 스물여덟 살이 될 때까지 방송국 근처에 가보기는커녕 제대로 된 직업조차 없네요. 며칠 전 라디오 PD 필기시험에 떨어지고 나서 불합격 통보 화면을 보는데, 정말 아무 느낌이 안 났어요. 근데 그게 좀 무섭더라고요. 아무런 느낌도 없는 것이.

지나고 보니 왜 그랬는지 알겠어요. 전 라디오를 너무 사랑한 거예요. 너무 사랑하니까 실감이 안 나는 거였죠. 이번 시험은 정말 열심히 준비했는데. 산 지 얼마 안 된 공책이 헐어버릴 때까지 읽고 또 읽고, 써 먹을 작문 글을 달달 외우고. 멘탈 관리에도 얼마나 힘썼는데요. 저 명상 진짜 열심히 했었잖아요.

이건 좀 웃긴 말인데, 더운 날 공부해서 괜히 축 처질까 봐 일부러 신나는 음악 틀어놓고 독서실로 향했거든요. 그때 한 곡 반복으로 들은 노래가 바로 NCT DREAM의 〈마지막 첫사랑〉이에요. "남은 인생을 걸고 말할게. 두 번은 없어. 넌 나의 마지막." 이 부분이 어찌나 제 마음 같았는지, 꼭 저와 라디오 관계를 말하는 듯했어요. 이 가사대로 첫사랑을 이룰 기회를 잡았다고 생각했는데, 역시나 첫사랑은 이뤄지지 않는다는 말이 여기에도 꼭 맞아떨어졌네요.

전 앞으로 어떻게 살아가야 할까요? 벌써 스물여덟 살 하고도 가을, 10월이에요. 첫사랑을 이룰 기회를 놓쳤고, 전 다시 라디오를 들을 수 없을 것만 같아요.

그럴 수도 있었지 뭐든 할 수 있었고 뭐든 될 수 있었던

○ 브로콜리너마저 〈가능성〉

ㅈㅅ 얼마 전에 영화 〈건축학개론〉을 봤어요. 스무 살 때 눈물 줄줄 흘리면서 본 영화를 8년이 지나 다시 본 거였어요. 그때 이 영화를 보며 무슨 생각을 했는지 또렷이 기억나진 않지만, 아마 낭만적이라 생각했던 것 같아요. 시간이 지나도 잊히지 않는 기억이 있다는 것, 그게 한 사람의 삶에 오래 잔상을 남긴다는 것.

그런데 이제 와 영화를 다시 보니 그런 생각이 들었어요. 첫사랑 같은 건 빨리 잊어버리는 게 상책이라는. 서연(한가인 분)이 등장하면서 승민(엄태웅 분)은 더 불행해진 것 같았어요. 어차피 미국에 가야 하는 상황이라면 첫사랑이 등장하지 않는 편이 승민에게 더 좋지 않았을까요?

스무 살 때는 누군가에게 잊히지 않는 사람이 되고 싶다는 생각을 했었어요. 그러나 이제는 달라요. "내가 첫사랑을 잊지 못한다면?"과 같은 현실적인, 조금은 이기적인 생각을 해요.

우리는 분명 첫 번째 꿈과 사랑에 빠졌을 거예요. 어릴 때 "큰 사람이 돼라"는 어른들의 말을 듣고 무심코 내뱉었던 의사나 대통령 같은 꿈이 아니라, 우리가 스스로를 좀 더 잘 알게 된 이후에 가진 꿈이요. 무언가를 뛰어넘기 위해 부단한 노력을 기울이면서 좇았던 꿈이요.

누군가가 어떤 사람인지 알기 위해서는 그 사람이 어떤 것에 시간과 애정을 쏟았는지를 보면 된다고 해요. 그렇다면 우리의 첫 번째 꿈은 곧 우리 스스로라고도 할 수 있지 않을까요? 그래서 어쩌면 첫 번째 꿈은 첫사랑보다도 버리기 힘든 것 같단 생각도 들어요.

그런 말이 있잖아요, 새로 만나는 연인이 헤어진 전 연인과 닮은 경우가 많다는. 기억은 덮어둘 수는 있지만 사라지지는 않는 것 같아요. 마찬가지로 우리의 첫 번째 꿈도 참 끈질기게 우리를 따라와요. 가끔 그건 '지금'을 흔들어놓기도 해요. 처음 꾸었던 꿈과 지금의 일상을 비교하게 하고, 눈을 돌리게 하고.

효진 씨는 라디오가 첫사랑이라고 했죠? 제게도 그러하냐면, 잘 모르겠어요. 다만 라디오는 제가 어릴 적부터 애정을 가졌던 모든 것들과 아주 가까이 연결돼 있어요. 많은 시간을 들이며 도전하고 좌절하고 기뻐했던 제 첫 번째 직업적인 목표였고요.

저 또한 라디오 PD 공채 시험을 놓은 이후 한동안 라디오를 잘 듣지 못했어요. 하루 단위로 마감에 쫓기는 기자 일을 하며 슬쩍 잊어버리기도 했었고, '어쩜 이렇게 가능성이 낮은 라디오 PD 공채에 도전할 생각을 했지?' 하며 고개를 젓기도 했어요.

그런데 알고 보면 꿈은 줄곧 저를 쫓아오고 있어요. 불쑥 나타나 마음에 돌을 던져놓고 유유히 사라져요. 물론 저는 열심히 일하고 있어요. 여러 책임들에 충실히 부딪치려 하고 있어요. 꿈이 아니라 현실에 대해서도 할 말이 산만큼 쌓여 있어요.

그렇지만 조금은 여유가 있었던 이번 추석에 곧바로 울적해져버린 건, 정말로 첫사랑 같은 꿈이 달아나지 않아서일까요? 열심히 지금을 살고 있는데, 왜 무언가를 배반했다는 느낌이 드는 걸까요. 포기한 것 같고, 무언가를 잃어가는 느낌.

꿈을 품는 동시에 지금의 자신을 긍정하면서 살아갈 수는 없는 걸까요?

사람의 마음이란 어렵고도 어렵구나 하지만
오늘 밤엔 잠을 자자

○ 장기하와 얼굴들 〈사람의 마음〉

ㅎㅈ 오늘 면접을 봤어요. 메신저로 말한 적 있는 영상 프
로덕션이요. 후기를 간단히 적어보자면, 즐거웠어요. 취업
사이트의 기업 리뷰에 공통적으로 감독님들이 참 잘해준
다는 말이 있었는데, 얘기를 나누다 보니 그게 틀린 말은
아니었구나 하고 실감했어요. 여기 들어온다면 배울 점이
참 많겠다는 생각도 들고. 뭐가 됐든 여기서 일하면 언젠
가 내 색깔이 들어간 콘텐츠를 만들 수 있겠구나 싶더라
고요. 아, 감독님들이 잘 웃어주시기도 했어요.

지수 씨는 지금까지 몇 번의 면접을 보았나요? 저는 아르바이트까지 합치면 두 손 두 발이 부족할 정도예요. PD 공채가 워낙 면접 과정이 많잖아요. 한 번의 최종 합격을 위해서 두 번 이상 보는 건 기본이기도 하고.

가장 기억에 남는 면접은 아무래도 큰 방송사에서 진행했던 예능 PD 합숙 면접이에요. 1박 2일간 얼마 되지 않은 면접자들을 한군데—도심과 떨어진 곳—에 모아두고 행동거지를 감시한다는 것은 좀 께름칙했지만, 그래도 합숙 면접에 들어가게 되면 들뜨는 마음이 더 커요. 애초에 300명 가까이 본 시험에서 스무 명 남짓만 통과한 것이니 나의 가능성이랄까, 어떤 잠재력 같은 걸 인정받은 기분이거든요. 물론 운도 작용했을 테지만요.

그때 집에 가기 전 마지막 일정이 PT 면접이었어요. 전날에도 몇 번의 면접이 진행되었지만, PT 면접은 정말이지 개인의 창의성이나 아이디어 도출 능력을 시험해보는 것 같았어요. 뜬금없는 사진들과 잡지들을 쥐어주고 스토리든 프로그램이든 뭐든 기획해보라는 게 골자였거든요.

아, 좀 더 정확히 말하자면, 면접 첫날 저녁식사 후에 과제를 내어주고 그 결과물을 다음 날 발표해야 하는 거였어요. 그럼 면접자들은 저녁 내내 어떻게 기획을 해야 할까, 어떻게 발표를 해야 할까 생각하고 생각하다 잠드는 거예요.

당시 라디오 PD 필기시험에 떨어진 직후였던 터라 사실 언론고시에 대한 마음이 흐려졌었거든요. 아시죠? 저 정말 라디오 기획안만 썼잖아요. 예능은 무슨, 잘 챙겨보지도 않는걸요. 아이디어야 짜낼 수 있겠죠. 하지만 다른 면접자들은 이미 정제된 아이디어가 있을 테고, 그 사이에서 돋보일 자신이 없더라고요. 얘기를 나눠보니 예능 PD만을 바라보고 달려온 사람들이 정말 많더라고요. "라디오 준비 하셨어요? 그런데 여기 올라오신 거예요?" 이런 말도 들었어요. 아, 비꼰 게 아니라 대단하다는 의미로요.

그래서 저는 스토리텔링을 택했어요. 그때 글 좀 배워보겠다고 SF 소설 쓰기 수업을 들어서 통통 튀는 스토리텔링은 정말 자신 있었거든요. 평행 세계, 시간여행 등 온갖 SF 소재를 재료 삼아 재미있는 이야기를 썼었답니다. 이야기 속 주인공은 바로 저였고요. 그렇게 한 이유는 별 게 아니라 평소 곧잘 하던 쓸데없는 상상이 대개 저를 중

심으로 이뤄졌기 때문이에요. '내'가 주인공이어야만 대본 없이 쉽고 자신 있게 발표할 수 있다고 판단한 거죠.

제 발표 순서는 마지막이었어요. 면접 마지막 순서라고 하면 흔히 걱정들 하잖아요, 면접관들 지쳐 있을까 봐요. 실제로 그런 후기들도 여럿 있고. 근데 전 걱정하지 않았어요. 자신 있었거든요. 제 이야기가 정말 PD들의 눈을 번쩍 뜨이게 만들 수 있다고 확신했어요(지금 생각하니 좀 웃기네요).

그런데 정말 그랬어요. 제가 발표를 마치자 면접관들이 손을 들어가며 이야기 설정은 어떻게 한 것이냐, 이런 설정은 이런 오류가 있지 않느냐 하며 질문을 계속하는 거예요. 내 스토리에 관심 있구나! 당황하지 않고 척척 대답했죠. 그 이야기는 제 머릿속에서 이미 몇 번이나 굴리고 굴린 것이라 어떤 질문이든 자신 있었어요.

그렇게 10여 분이 지났을까, 면접이 마무리되었을 때 가운데 앉아 있던 PD가 저를 보고 웃으며 말했어요.

"진짜 흥미롭네요."

속으로 쾌재를 불렀어요. 내가 CP(Chief Producer, 책임 프로듀서)의 흥미를 자극하다니! 심지어 한 번쯤 뵙고 싶었던 분이거든요. 제가 재미있게 본 예능은 항상 그 PD의 손을 거친 터라 그 말이 단순한 칭찬으로 들리지 않았어요. 어떤 연결고리가 형성되었다고 믿었어요. 심지어 다른 면접자들에게 들으니 그 PD가 압박 면접을 가장 많이 했다나. "그분한테 칭찬을 받았다고요? 헐!" 다들 이런 반응이었다니까요.

그런데 떨어졌잖아요. 정말 웃기게도요. 아니, 안 웃겨요.

그때 체감했던 것 같아요. 면접은 까기 전까지는 모른다는 말. 이런 데까지 해당되는 줄 몰랐거든요. 흥미롭다면서요. 다른 분들이 더 재미있고 괜찮은 발표를 했을 수도 있지만, 그래도 참 허망하더라고요. 그 뒤로도 면접관이 이것저것 흥미롭게 물어봐놓고서는 연락을 안 하고, 정말 친근하게 대화가 잘되었는데도 불합격 통보를 받는 일들이 허다했어요.

그래서 오늘 면접 보고 돌아오는 길이 너무 지치더라고요. 분명히 감독님들 모두 잘 웃어주셨고 재미있게 대화를 나누었는데 이러고 떨어진 게 한두 번이 아니니까요. 언제까지 나에 대해 말하고 설명해야 하는 걸까, 내가 어디에서 무슨 일이라도 할 수 있는 걸까. 그런 생각도 들었고요.

오늘 감독님들이 제게 그러시더라고요. 생각보다 더 힘들 수 있다고요. 그건 저도 잘 알고 있어요. 제가 그 정도 각오도 안 하고 온 사람처럼 보이나 싶더라고요.

저는 사람을 대할 때 미련이 없는 편이에요. 나와 안 맞으면 안 맞는구나, 거기서 관심을 끊으면 된다고 생각해요. 문득 그런 성질이 면접에서도 드러난 걸까 고민하게 됐어요. 어쨌거나 면접도 하나의 커뮤니케이션이니까요. 이 사람 아니어도 된다, 이 회사 아니어도 된다는 마음이 드러나 부정적으로 작용했을까 봐서요.

그런데 굳이 그런 마음을 숨겨야만, 간절함을 내보여야만 회사에 소속감을 느끼고 일을 잘하는 걸까요? 무엇보다 저, 친구라고 명명한 인연들과는 정말 오래도록, 질리도록 보는 편인데. 일 한 번 시작하면 진득하게 하는 편인데! 아무것도 모르면서.

아, 면접에 대해 오래 생각했더니 너무 피곤하네요. 사람의 마음을 헤아리려는 것처럼 바보 같은 짓도 없는 것 같아요. 내 마음도 잘 모르는데 타인의 마음을 어떻게 알까요. 아까 마지막으로 물어볼 것 없느냐는 질문에 합격 여부는 언제 알려주느냐고 물어나 볼걸. 대화가 퍽 즐거웠는지 아무것도 묻지 못했네요.

머칠 밤 자고 나면 알려주겠죠. 사실 아까 돌아오는 길에 지하철에서부터 너무 지치고 피곤했답니다. 일단 오늘 밤은 푹 자야겠어요.

잘 부탁드립니다

○ 익스 〈잘 부탁드립니다〉

ㅈㅅ 어제 출입처 사람들과 무리한 회식을 하고 하루 종일 숙취에 시달리다 겨우 살아났어요. 1, 2차에서 소맥을 물처럼 들이붓고 어찌어찌 3차까지 갔는데, 분명 그때까지는 멀쩡했거든요? 그런데 집에 오는 버스에서 갑자기 후폭풍이 오는 거예요. 뒤늦게 긴장이 풀려서 그런 건지, 요즘엔 이상하게 집에 올 때 그래요. 그러다 버스에 휴대폰을 놓고 내리질 않나(웃긴 건 그 상황에서도 제가 휴대폰을 놓고 내린다는 걸 알고 있다는 거예요), 집에서 다섯 정거장을 더 가

서 내리질 않나. 버스에서 그 난리를 겪고 나면 '아, 내일도 큰일났다' 생각하는데 역시 예감은 늘 틀리지 않더라고요.

저는 과일로 해장을 하는 편인데요, 오늘은 왜 하필 집에 있는 과일이 샤인머스캣뿐인지. 아시겠지만 샤인머스캣이 항상 냉장고에 상주하고 있는 그런 종류의 과일은 아니잖아요? 마트에서 한 세 번 고민한 뒤에 맘먹고 산 거였는데, 이거라도 안 먹으면 죽을 것 같아서 어쩔 수 없이 샤인머스캣을 한 알씩 우걱우걱 욱여넣었어요.

그런데 그날 상태가 워낙 안 좋았는지, 먹고 나니까 속이 더 안 좋아지는 거예요. 다시 화장실로 달려가 속을 게워내는데 그런 생각이 들더라고요. 아, 이제 비싼 돈 주고 샤인머스캣 사 먹을 일은 없겠다. 웃기면서 서글픈 안도감과 함께.

요즘 출입처가 바뀌어서 처음 만나는 사람들이 많아졌어요. 이번 술자리도 그랬고요. 아무리 소맥을 들이붓고 큰 소리로 웃고 떠들어도 업무 미팅이라는 사실은 변하지 않으니, 가끔씩은 이 또한 면접과 비슷하다는 생각이 들 때가 있어요. 보통 술자리에서 함께하는 분들은 저보다 나이가 많고, 다른 기자들도 한 트럭은 보셨을 테니 기억에 남는 사람이 되어야 할 것 같단 부담감도 있고요.

그렇지만 사실 업무 미팅과 면접이 같다고는 할 수 없죠. 미팅은 면접과 달리 다음을 기약할 수 있으니까요. 한번 눈에 들지 못하면 다음 기회를 얻지 못하는 면접과 달리, 업무 미팅에는 다음이 있어요. 상대방이 제 첫인상을 별로라고 생각했어도 다음날 다시 연락드릴 수 있고, 성실한 모습으로 꾸준히 저를 어필할 수도 있어요.

면접은 반대예요. 단 몇 분이 앞으로 어떻게 펼쳐질지 모르는 '다음'의 기회를 꼭 쥐고 있잖아요. 면접관들은 시행착오가 있는 일의 세계와 다음이 없는 탈락이라는 낭떠러지 앞에 단호한 얼굴을 하고 서 있어요.

제 면접 경험도 자잘한 것들을 다 합치면 얼추 마흔 번은 될 거예요. 그러면서 몇 번, 저에 대한 사람들의 인상이 얼마나 가지각색인지 느낄 때가 있었어요. 한번은 이런 적도 있었어요. 스물한 살 때 카페 아르바이트를 막 시작했을 때였는데요, 블루베리 스무디를 만드는데 우유 말고 물을 부어버린 거예요. 아차, 실수했다는 걸 깨닫고 미어캣처럼 몸을 쭉 빼고 주변을 둘러보는데 멀찍이 저를 지켜보던 점장님과 그만 눈이 마주쳤지 뭐예요. 점장님이 성큼성큼 제게 다가오더니 이렇게 말씀하시더라고요.

"내가 너 카페 일 처음인 거 아는데도 눈 크고 똘망똘 망하니 일 잘할 것 같아서 뽑았거든? 근데 이러면 어떡 해!"

혼이 나서 의기소침해 있는데 스멀스멀 그런 생각이 드는 거예요. '이거 칭찬인가?' 어쩌면 면접 사기가 가능 할지도? 이후에 저는 수십 번의 면접을 보았고, 제 '크고 똘망똘망한 눈'이 누군가에겐 무쌍에 흐리멍덩한 눈으로 보이기도 한다는 사실을 깨달았습니다. 결과적으로 면접 사기는 불가능하다는 사실 또한 깨닫게 되었고요.

저는 일을 시작하면서 제 강점과 약점을 더 뚜렷하게 파악하게 됐다고 생각해요. 요령 없이 부딪히면서 제가 가진 것의 크기와 모양, 장점과 단점, 여러 한계를 인식하 게 됐고요. 그걸 모를 때에는 내가 어느 정도의 사람인가 를 늘 스스로 의심할 수밖에 없어요. 작은 성취감이라도 느껴보지 못한 상태라면 더더욱 그럴 테고요.

효진 씨 말대로 면접 한 번으로 사람을 어떻게 파악할 수 있겠어요. 어서 좋은 기회가 찾아오길 바라지만, 그렇 지 않다고 해도 너무 낙심하지 말았으면 좋겠어요.

연극이 끝나고 난 뒤

○ 샤프 〈연극이 끝나고 난 뒤〉

ㅎㅈ 요 며칠 정신이 없었어요. 잠도 못 잤고. 그런데 지수 씨 무쌍이었어요? 여태 쌍꺼풀 있는 큰 눈이라고 생각했는데. 저도 무쌍이라 읽으면서 오! 했답니다. 눈 하나만으로도 이런저런 편견 섞인 핀잔을 들었다니, 읽기만 해도 괴로웠어요. 그것도 일터에서요.

참, 저 극적으로 일을 시작했어요. 전에 말했던 영상 프로덕션은 면접에서 뚝 떨어졌고요, 어쩌다 보니 20대 초반에 절대 하지 않겠다고 마음먹었던 프리랜서 조연출을 하게 되었어요.

아시다시피 공채가 아닌 루트로 PD가 되는 것에 대해서 안 좋은 말들이 많잖아요. 급여는 물론이거니와 어떤 취급과 대우를 받는지에 대해서요. 한마디로 요약하자면, 어려서부터 공부 열심히 해서 할 일은 아니다, 뭐 이런 거죠.

무엇보다 저는 활동적인 일이 저와 어울리지 않는다고 생각했어요. 그래서 현장보다는 한곳에 있을 수 있는 일이 나을 거라 판단했지요. 창작을 할 수 있으면서 한곳에 머물 수 있는 일, 내가 좋아하는 매체 및 음악과 함께할 수 있는 일. 내가 가야할 길은 당연히 라디오 PD라고 생각했던 이유예요.

그런데 객관적으로 생각해봤을 때, 제가 지금 그런 걸 따질 계제가 아닌 것 같았어요. 일을 하지 않은 채로 시간을 허비하고 싶지 않았다는 말이 더 맞겠네요. 무엇보다 내가 PD가 되고 싶고, PD라는 직업이 꼭 공채를 거쳐야하는 게 아니라면, 그렇게라도 전 PD가 되고 싶었어요.

얼마 전 프리랜서 PD 일을 먼저 시작한 친구가 그러더라고요. 뭐든 시작해보라고. 공채가 아닌 탓에 처우에 대해서는 긍정적으로 말해줄 수 없지만, 오히려 프리랜서이기 때문에 길이 다양하게 열릴 수도 있다고요. 마침 면접에서 또 한 번 떨어지고 나니 뭐든 해야겠다는 불안감이 치솟기도 했어요.

일을 시작하고 나서 얼마 지나지 않아 깨달은 건 제가 정규직이든 비정규직이든 이 일을 좋아한다는 거예요. 여기저기 현장을 뛰어다는 것도, 편집기를 만지는 것도 다요. 물론 전 아직 아무것도 할 수 없는 막내 조연출 나부랭이지만요.

이건 좀 창피한 일인데, 저 출근 이틀째 날에 집에 오면서 울었어요. 슬퍼서 운 건 아니고, 어쩌다 선배 한 분과 퇴근을 하는데 다음 날 촬영 일정이 잡혀서 괜히 걱정이 되었는지 저도 모르게 문득 이런 말을 했어요.

"제가 아무것도 몰라서 정말 큰일이에요. 조금이라도 보탬이 되고 싶은데 하나도 모르겠어요."

그랬더니 선배가 웃으면서 이러더라고요.

"당연한 거 아니야? 너 이제 겨우 이틀밖에 안 됐는데. 근데 난 너 일 똘똘하게 잘할 것 같아. 이런 느낌이 온 후배가 거의 없는데, 이상하게 넌 그렇다."

사실 이때부터 울컥했는데, 선배한테 우는 모습 보여주고 싶지 않아서 버스 탈 때까지 눈물을 참느라 혼났어요. 이상하죠, 그런 말에 눈물이 막 나오고. 감동이라는 단어에는 다 담기지 않는 저릿한 감정이었어요. 지금까지 좌절을 맞이한 순간이 많았고, 그때마다 나에 대한 의심을 되풀이하곤 했으니까요. 그런데 나를 고작 이틀밖에 보지 않은 선배가 그렇게 확신을 가지고 말해주다니.

지수 씨는 연극 공연이 끝나면 어떤 기분이 들어요? 전 다시 돌아올 수 없는 시간을 건넌 것 같아 허무하기도 하고, 눈앞에 존재하던 시간이 사라져 아쉽기도 해요. 빈 무대를 보면 괜스레 마음이 복잡해지기도 하고요.

저는 그 감정을 제가 라디오 PD가 될 수 없다고 직감했을 때, 그러니까 딱 얼마 전에 느꼈어요. 이제 정말 내 스스로 가꾸는 연극은 끝났다 싶었어요. 매일 좌절했고, 자주 우울했고, 허망했어요.

그런데 그 생각은 틀렸어요. 연극이 끝나고 무대가 정리되면, 얼마 지나지 않아 새 연극을 위한 준비가 시작돼요. 다시 무대 장치가 세워지고 음향 장비가 세팅되죠. 조명이 켜지고 배우는 뒤편에서 목을 풀어요. 관객들은 설레는 마음으로 객석을 채우고요. 그렇게 또 다른 연극이 무대 위에 올라요.

전 요즘 새로운 연극을 시작한 기분이에요. 고정된 직업이 아니다 보니 미래에 대한 불안감도 조금 서려 있긴 하지만, 일단은 기대감이 아주 조금 더 크다고 말할 수 있어요.

제가 보고 싶었던 연극을 무대 위에 세울 수 있을 것 같은 예감이 들어요.

가만히 있었더니 아무것도 움직이지 않았지

○ 요조 〈안식 없는 평안〉

ㅈㅅ 효진 씨, 연극이 끝나면 어떤 기분이 드는지 물었죠? 저는 연극이 끝났다고 느꼈을 때 마음 한구석이 불현듯 쓸쓸해졌던 것 같아요. 무대에서의 모든 이야기들이 다 한낱 꿈같이 느껴지고요.

그렇지만 중요한 건 그다음이에요. 집에 돌아와 생각해보면, 연극에서 가장 좋아하는 순간은 모든 것이 끝나고 텅 빈 무대를 볼 때였어요. 우리는 극이 끝나야만 지나간 장면들을 떠올리고, 그것이 무엇을 남겼는지 복기할 수 있잖아요. 그러고서는 좀 더 단단해진 마음이 되어, 객석에서 일어나 밖으로 나갈 수 있는 거죠.

저 역시 라디오 일 하기를 포기했을 때 효진 씨와 같은 생각을 했었어요. 이제 내 연극이 끝난 건 아닐까. 꿈을 통해 스스로를 부풀릴 수 있었던 시간은 지났다. 이제 나는 현실에 뛰어들어야 하는 사람이다.

그런데 왜 연극일까요? 왜 우리는 꼭 무대에 서야 한다고 생각했던 걸까요? 무대 밖에는 햇살이 비추는 바깥이 있는데요. 완벽하게 구성된, 예외가 없는 시간을 보내야 한다는 생각이 무대로 비유된 거라면 저는 공연장 밖으로 걸어나가는 편을 선택하고 싶어요.

그런 의미에서 효진 씨의 새로운 일은 연극이 될 수도 있고, 바깥으로 걸어나가는 일이 될 수도 있겠네요. 사실 그게 무엇이든 상관없겠죠. 효진 씨는 지금 어디에서든 있는 힘껏 부딪칠 준비가 되어 있는 것처럼 보이니까요.

만약 제가 효진 씨 선배였으면 큰일 났을 것 같아요. 후배의 재능을 질투했을 것 같거든요. 아니면 어딜 가든 후배를 끼고 다니면서 "진짜 잘하는 애가 왔다" 하고 만날 자랑하는 팔불출이 되거나.

저는 이번 주 이틀 동안 언론진흥재단에서 재무제표 특강을 들었어요. 그리고 점심시간에 앞자리에 앉아 있던 8년 차 여자 선배와 점심을 먹고, 커피까지 마시고 돌아왔어요. 선배라는 직업은 참 쉽지 않은 것 같아요. 연차가 쌓인다고 해서 명확한 답이 주어지는 건 아닐 텐데, 후배들이 심각한 표정으로 고민 상담을 해오면 듣고 어떤 답을 주어야 하잖아요. 저도 그날 선배와 커피 한 잔씩을 손에 들고 정동길을 걸으며 이런저런 고민을 털어놓았어요. 내용을 다 소화하지 못한 채로 기사를 쓰는 게 힘들다, 사람도 만나야 하고 시간에 쫓기는 게 힘들다 등등.

그런데 또 어떤 고민들은 너무 당연해서 어렵지 않게 대답할 수도 있겠죠. 예컨대 선배의 대답처럼요. 선배는 제 얘길 묵묵히 듣더니 이렇게 말하더라고요.

"시간이 지나면 기사 쓰는 건 더 편해질 거예요. 형식이 익숙해져서 금방 쓰게 돼요. 못할 것 같은 일도 시간이 지나면 다 하게 돼 있어요."

너무나 당연하다는 듯이.

맞아요, 라든가 힘들죠, 힘내요, 라는 말보다 훨씬 위로가 되는 말이었어요. 요즘에는 성실하게 보낸 하루하루가 나를 배신하지 않을 거라는 믿음이 큰 힘이 돼요. 시간이 지날수록 조금씩 피부로 와 닿는 감각이기도 하고요.

사실 지금은 별수 없이 최선을 다하는 수밖에 없죠. 너무 심각한 거 아니냐, 한 달 일하다 안 맞으면 나오면 되는 거 아니냐 말할 수도 있겠죠. 그런데 저는 90년대생에 대한 막연한 편견과 달리 '존버'를 잘하는 편이라 한번 들어가면 잘 안(못) 나오거든요. 혹시 제가 전직하기 전에 스터디원들한테 상담했었던 것 기억나시나요? 저 되게 잘 버티는 편이라고 하니까 "아, 그럼 큰일인데……" 하면서 다들 진심으로 웃긴 걱정을 해주었잖아요.

역시나 저는 생존에 적합한 스킬을 쓰며 잘 버티고 있습니다. 모든 직장인들이 자연 체화하는 그 능력. 매달 초 '이번 달까지만 다닌다'는 마음을 새로이 장착하는 스킬이요. 그렇게 몇 달을 버티고 조금씩 일에 대한 감각이 달라지는 걸 느낄 때면 역시나 시간만이 보여주는 게 있다는 생각을 해요.

일요일이었던 어제는 회사에서 오후 6시까지 당직을 섰어요. 한겨울이다 보니 퇴근하고 나오니 벌써 날이 어둑해져 있는 거예요. 같이 당직을 섰던 부장님께 그랬어요.

"겨울에는 몇 배로 일하기 싫어지는 것 같아요."

말하고 아차 싶긴 했어요. 아직 2년 차인 새파란 신입이 대놓고 일하기 싫다고 말한 셈이니까요. 부장님도 잠시 어이가 없다는 표정으로 저를 노려보시더라고요.

부장님의 대답 역시 예상과 별반 다르지 않았어요.

"네가 배가 불렀구나."

그런데 누구나 회사 당직으로 일요일을 보내기 싫은 건 마찬가지잖아요? 평소에도 종종 낮술 한잔씩 걸치며 이런저런 솔직한 업무 고민을 들어주던 분이셔서 "일하기 싫다는 얘기는 부장님이 더 많이 하실걸요?" 했더니 "그건 내가 솔직한 거고, 넌 빠진 거야!" 하시더라고요. 그러고서 껄껄 웃으며 집으로 돌아가셨어요.

저는 선배들과 오늘 일하기 싫다, 오늘은 더 지겹다, 이런 이야기를 할 수 있는 게 좋아요. 후배 앞에서 먼저 그렇게 말해주는 분도 좋고요. 아무리 좋아하는 일이라도 다 좋다면 거짓말일 것 같거든요. 싫어하는 일은 다 싫다는 말도 마찬가지고요.

전 항상 주말과 월요일의 기분을 정반대로 느끼는 것 같아요. 일요일 저녁은 으아아 괴롭다, 하고 보내긴 해도 월요일 오전에는 마음이 가벼워지고 힘이 생겨요. 특히 주말 동안 잠잠했던 업무 메신저가 울리기 시작할 때 더욱 그래요.

어젯밤까지 나를 잠 못 들게 했던 무거운 고민 대신 눈앞의 과제에 집중하며 시야를 좁히는 순간, 그래 이번 주도 어찌되었든 시작되었구나 하는 기분 좋은 긴장감이 솟아올라요.

그래서 사람들에게 일이 필요하지 않나, 저는 수많은 월요일을 지날 때마다 생각해요. 효진 씨는 어떤가요? 어쩌면 주말 없이 일하는 지금은 요일 감각이 없을 수도 있겠다는 생각도 들지만요. 그래도 궁금해요. 효진 씨는 월요일에 어떤 생각을 하는지.

선포한다 작전명 청춘

○ 잔나비 〈작전명 청–춘!〉

ㅎㅈ 월요일을 그렇게 기분 좋게 맞이하고 있다니! 읽으면서 꽤 놀랐어요.

보통 주말에 쉬고 나면 월요일이 괴롭잖아요. 아무래도 그 규칙이 나에게만 적용되는 게 아니다 보니 도보 위든 대중교통 안이든 도로 위든 그 규칙에 맞게 움직이는 사람들로 가득 차게 마련이고요.

저는 일을 하지 않을 때에도 월요일 아침을 참 싫어하곤 했어요. 대학 다닐 때부터 월요일 1교시 수업이 많았다 보니 그런가 봐요. 그때부터 '9 to 6'의 삶은 안 되겠다고 어렴풋이 결심했던 것 같아요.

사실 지수 씨 말처럼 저는 월요일을 딱히 실감하지 못한 채 살고 있어요. 주말인지도 잘 몰라요. 오늘은 일요일, 어쩌다 보니 딱 카페에 앉아 쉬고 있긴 한데요, 일 시작하고서 처음으로 쉬어보는 일요일이에요. 그동안 일요일 오후에는 항상 회의가 잡혀 있었고, 토요일에도 이런저런 업무가 있어서 일을 했었거든요.

이번 주는 토요일 촬영과 다른 업무 스케줄로 열심히 일하다가 얼떨결에 쉬는 일요일을 보내고 있네요. 물론 촬영이 새벽에 끝나는 바람에 아침에서야 잠이 들어 한 번의 눈 깜빡임으로 반나절을 날리고 말았지만요.

지수 씨 말이 맞아요. 일은 사람을 참 단순하게 만들어요. 생각이 들어올 여지를 허락하지 않고 눈앞에 놓인 것들을 실행하라고 마구 재촉하는 것만 같죠. 제가 일 시작하고서 주변 사람들에게 가장 많이 들은 말이 뭔지 아세요? 건강 챙기란 말이에요. 처음엔 사실 이해하지 못했어요. 설마 내가 많이 약해 보이나 싶기도 했어요. 전 충분히 건강하거든요. 심지어 홍삼도 먹고 있고, 영양제도 꼬박꼬박 잘 챙겨 먹는데.

그런데 그 말을 하는 맥락을 살펴보니 그럴 만도 하겠더라고요. 새벽 4시에 집에서 나와 촬영을 해도 자정 넘어 집에 들어가는 일이 허다하고, 자정까지 회의하다가 새벽 2시에 촬영지로 떠나는 일도 있으니까요. 그런 스케줄을 매주 3일 정도 소화하는데다 일주일에 하루 쉬면 천만다행일 정도니, 그걸 지켜보는 제 주변 사람들의 걱정이 이해도 돼요. 이러다 애 쓰러지지 않을까 싶겠죠. 내 추측일 뿐인가, 아무튼.

　　게다가 저는 주변 사람들에게 힘들다는 말을 하지 않아요. 오히려 재미있어서 괜찮다는 말만 되풀이할 뿐이죠. 사실이니까요. 잠을 제대로 못 자서 가끔 피곤하긴 하지만, 그건 일을 하지 않을 때에도 종종 있는 일인 걸요. 차라리 지금처럼 일이 많아서 잠을 못 자는 게 나은 거라고 생각해요. 그 외에는 앞서 말했던 것처럼 생각할 틈이 없어요. 일이 너무 많으니까요.

　　지수 씨 말대로 일은 인생에 필요한 요소예요. 일을 하다 보니 일하지 않을 때 차곡차곡 쌓여 먼지처럼 내려앉은 고민들이 싹 사라졌어요. 그런데 전 좀 다른 시각으로 일을 바라보고 있어요.

살면서 '좋아하는' 일을 하는 건 필수적이다!

제가 곰곰이 생각을 해봤어요. 어떻게 보면 지금 전투잡을 하고 있는 상황인 거잖아요. 조연출 일과 동시에 틈틈이 음악 평론도 쓰고 있으니까요. 이 두 가지를 어떻게 잘 병행하면서 살아갈 수 있을까. 이게 요즘 제 최대고민이에요. 아니, 논제라고 하는 게 맞겠네요. 앞서도 말했지만 저는 현재 일주일에 한 번 꼴로 쉬고 있고, 방송국에 가지 않는 쉬는 날에는 평론을 써요. 명확하게 따지자면 온전히 휴식에 쓰는 날이 없는 거예요. 일주일 내내 일을 한다고 보면 돼요.

정말 신기한 건, 평론 한 편을 다 쓰는 날에는 뿌듯하고 벅차서 잠이 잘 안 와요. 그 기분을 막 즐기고 싶은 건지도 모르겠어요. 전날 몇 시간을 잤는지, 그 주에 얼마나 많은 업무가 있었는지 신경도 안 쓰여요. 그렇게 다음 날 출근하면 기분이 좋아요. 그래서 제가 주변 사람들한테 힘 안 든다고, 오히려 재미있다고 말하는 거예요. 몸은 좀 피로할 수 있지만 심적으로는 하나도 힘들지 않거든요.

일을 시작하기 전에는 제 인생에서 워라밸이 필수적이라고 생각했어요. 취미가 워낙 많다 보니 일하지 않는 시간에 책도 읽고 싶고, 영화도 보고 싶고, 계절마다 콘서트도 뮤지컬도 전시회도 보러 다니고 싶을 테니까요. 하지만 이제는 알아요. 저는 좋아하는 일에 빠져 있을 때 더 행복하다는 것을요.

특히나 저는 업무적으로 목표가 뚜렷해요. 일을 시작하기 전에 제 노트에 이렇게 써두었어요. "음악 콘텐츠 전문 PD로 성장하기." 가만히 생각해보면 제가 라디오 PD를 꿈꾸었던 이유 중 하나는 음악이었어요. 지수 씨도 마찬가지겠지만, 저는 워낙 음악을 좋아하는 사람이고, 음악 분야의 전문성을 기르고자 하는 욕심도 많아요. 라디오 PD를 준비했을 때는 그 직업이 제 전문성을 입증해주리라 믿기도 했어요.

그런데 라디오 PD가 되지 못했고 프리랜서 PD로 일을 시작하게 되었잖아요. 그렇다면 정착하지 못하는 제 불확실함을 어디로든 이동할 수 있다는 장점으로 살려 제 전문성을 탄탄하게 세워보고 싶었어요. 개성의 시대니까요. 호불호가 확실해 좋아하는 것을 향유할 때에 발휘되는 집중력을 일적으로 키워보고 싶어요. 그 사이 시간을 쪼개 평론을 쓰는 건 제 목표가 더 단단한 뿌리를 내릴 수 있도록 만드는 토양이 되어줄 거라 생각해요.

인생이 내 맘대로 흐르지 않는다는 진리를 깨달은 지 오래지만, 그래서 쉽지 않은 일이란 것도 잘 알지만, 그래도요. 도전해볼 수는 있잖아요. 그 목표를 이루기 위해 저는 성장해야 하고, 그러고 싶어요. 그러려면 지금 하고 있는 일 전부를 잘 해내야 된다고 생각해요. 일을 하는 동안에는 나를 성장시키는 과정 속에 있다는 걸 매일 되새겨요. 그래서 일의 나쁜 점을 쉽게 발견하지 못하나 봐요.

아! 나쁜 점 하나 생각났다. 돈이요, 돈. 노동 시간에 비해 월급이 너무 적다는 게 아주 큰 흠이네요. 얼마 전에 엄마가 그러시더라고요.

"넌 일급으로 따지면 하루에 얼마를 버는 거니?"

저는 단호하게 대답했어요.

"엄마, 그런 거 따지면 이 일 못해."

그랬더니 엄마가 웃으며 말씀하셨어요.

"그래, 당분간은 일 배우는 거지 뭐. 아직 어리고 이제 시작한 거니까. 바닥부터 능력을 키워서 사람들이 널 찾게 하면 되지. 돈은 그때부터 차근차근 모으면 돼."

엄마 말씀이 맞아요. 전 아직 어리고 청춘이니까. 저는 청춘이라는 단어를 별로 좋아하진 않는데, 이럴 때는 꼭 맞는 말 같아요. 언제 이렇게 살아보겠어요. 체력과 열정이 받쳐주는 지금, 딱 이 청춘에 해봐야죠.

그걸 왜 갖고 싶은데? 갖고 뭘 할 건데?

○ 선우정아 〈쌤쌤SAM SAM〉

ㅈㅅ 청춘이네요.

효진 씨 글을 읽고 입 밖으로 튀어나온 말이에요. 저도 이 단어를 좋아하는 편은 아니지만요.

저도 효진 씨의 생각에 동의해요. 높은 목표를 세우고 노력하는 과정에 있는 사람은 불안정할 수밖에 없어요. 그래서 저는 젊은 시절의 불안정함이 장기적으로는 더 많은 것을 가져다줄 수 있다고 믿는 편이에요. 힘들 때마다 되뇌는 말이 있어요. "조금만 더 나를 고집하자." 물론 그러다가 불안에 자승자박한 꼴이 돼 "항복!"이라고 외칠 때도 있지만요.

효진 씨, 그런데 몸 챙겨요. 몸이 아프면 지금 해야 하는 일들을 못 할 수도 있잖아요. 1년 이상 야간 근무를 해본 경험자로서 말하는 건데, 몸은 무한한 존재가 아니에요. 야간 근무는 1급 발암물질이래요. 몸을 이렇게 쓰면 반드시 아플 날이 올 것 같아 걱정돼요. 길게 가자고요.

방금은 효진 씨와 저와의 공통점을 찾았지만 큰 차이점도 보여요. 효진 씨는 좋아하는 일을 해야 한다고 말했지만, 저는 그렇지 않은 일을 하면서 의미를 발견하는 것에도 큰 가치가 있다고 믿는 편이에요. 그래서 기쁨도 있고 슬픔도 있는 게 일이라 생각하고요.

그런데 사실, 이런 생각은 좋아하는 일을 하는 사람들 앞에서 길을 잃곤 해요. 좋아하는 일을 하는 사람들에게서 보이는 반짝거림 앞에서 저는 가끔 어찌해야 할지 모르겠어요. 그래서 효진 씨가 제 '일의 기쁨과 슬픔론'에 동의하지 않는 것에 조금 서글프기도 해요.

변덕이 심해 보일 수 있겠지만, 지난번에 제가 월요일 아침을 좋아한다고 했잖아요? 근데 이번 주 월요일을 시작하는 기분은 좋지만은 않았어요.

지난 주 일요일 몇몇 사람들과 모임을 가졌어요. 창작자들이 많은 모임이었는데요, 저 혼자서 "일에는 기쁨과 슬픔이 있지 않나요?"라고 막 떠들고 있더라고요. 다른 사람들은 동의할 수 없다는 표정으로 절 바라보고 있고요. '아, 저 사람은 일에 흥미가 없구나'라는 얼굴로요. 저만의 생각일까요?

집에 돌아와 '현실'이라는 단어를 마구 남발하고 온 건 아닌지 조금 부끄러웠어요. 관심사와는 타협했지만, 저는 좋은 경제 기사를 쓰고 싶어요. 새로운 의무가 생겼고, 그걸 의미 있는 일로 만드는 건 제 몫인 거잖아요.

그렇지만 오늘 같은 생각이 드는 건, 쓰고 싶은 기사를 쓸 기회가 점점 사라지고 있어서일까요. 매일 처리해야 하는 자료들, 기사마다 들러붙는 조회 수는 가끔씩 저를 지치게 해요. 제 연차에 쓰고 싶은 기사만 쓰길 바라는 건 과욕이겠지만, 그래서 버텨봐야 하는 거겠지만, 남은 열정까지 탈탈 불태워보자고 마음을 먹어도 가끔은 힘이 쑥 빠져버리고 말아요.

제게 주어진 권한을 이왕이면 좋은 걸 만드는 데 쓰고 싶어요. 그런데 왜 이렇게 무력감을 느끼는 걸까요? 제가 감정적 사치를 부리는 걸까요? 효진 씨처럼 일의 '기쁨'만을 말하면서 경제에 대해 이야기하기란 불가능한 걸까요?

신기하고 이상한 것 같아요. 사람의 관심사라는 건. 저는 지금 그걸 뛰어 넘어보려는 시도를 하고 있는데, 이건 계란으로 바위 치기인 걸까요?

이러저러한 생각들 때문인지 요새는 자주 무기력해져요. 생각이 정리되지가 않아요. 그래서 저 요즘 악마의 사이클을 깨보고자 운동을 시작했어요. 퇴근하고 어딜 다녀오면 하루가 다 끝날 것 같아 집에서 하고 있는데요, 혹시 강하나라는 스트레칭 강사를 아세요? 그분의 하체 운동과 팔뚝 운동을 하루도 안 빼먹고 따라 하고 있어요. 요가 매트도 필요 없고, 하루 딱 22분이면 되어서 시간도 아주 적당해요. 유산소 운동도 아니어서 중도에 그만두는 일 없이 꾸준히 하기 딱 좋더라고요.

얼마 전에 효진 씨가 태연의 인스타그램 라이브를 녹화한 동영상 링크를 하나 보내줬었잖아요. 거기서 태연이 했던 말이 기억에 남아요. 뭐든 성취감을 느낄 수 있는 일을 하나 해봐라, 작은 일이라도 괜찮다. 스스로를 달래는 것도, 매의 눈길로 바라보는 것도, 움직이게 하는 것도 나잖아요.

이렇게 저는 흔들리는 마음과 일상을 조금씩 다잡으

려고 하고 있어요. 효진 씨도 운동을 할 수 있는 상황이었으면 좋겠어요. 건강을 위해서도, 마음을 위해서도.

내가 더 행복해지길 바라

○ DAY6 〈바래〉

ㅎㅈ 운동을 시작했다니 좋은 소식이네요.

솔직히 말하자면, 지수 씨가 일을 시작하고서 가끔씩 만날 때마다 지수 씨 얼굴에 피로감과 무력감이 겹겹이 쌓이는 것 같아서 걱정이었어요. 정말 다행이에요. 운동만큼 활기차게 해주는 것도 없으니까요.

저도 정말 운동이 하고 싶어요. 근래 가장 이루고픈 소원이 '운동하기'일 정도예요. 사실 스물여섯 살 때까지만 해도 저는 운동이랑 안 맞는 사람이라고 생각했어요. 아니, 안 맞는다기보다는 싫어하는 사람. 여덟 살 때부터 열네 살까지 태권도를 했었거든요. 그때 너무 열심히 했었는지 태권도를 관두고 난 뒤에는 운동 자체를 피하고 싶더라고요.

그래도 20대 초반에는 운동해야지, 생각은 했었어요. 오래 운동을 하다가 안 하니 몸이 나빠지는 게 확 느껴지더라고요. 그래서 요가랑 헬스 다 해봤는데 석 달을 못 채우고 흥미를 잃었어요. 재미가 없더라고요. 그래서 역시 운동과 나는 맞지 않는구나 생각했죠. 운동을 좋아하고 잘 맞았으면 지금 태권도 선수를 했겠지 하면서요.

그런 제가 다시 운동을 좋아하게 된 계기가 있어요. 아, 계기라고 할 수 있나. 스물일곱 살로 넘어가던 겨울에 목이 아파서 병원에 간 적이 있었어요. 머리도 어지럽고 열도 막 나고 해서요. 병원에서 약 먹고 푹 쉬어야 된다고 하니까, 그냥 겨울이 와서 그런가 보다 하고 넘겼죠. 근데 석 달 뒤에 또 그렇게 아픈 거예요. 다시 병원에 갔어요. 그때 의사 선생님의 말씀이 아직 잊히지가 않아요.

"저번에 오셨을 때랑 같아요."

환절기라 그렇다는데, 그 말은 달리 하면 제가 그 증상에 대한 면역력이 없다는 뜻이기도 한 거잖아요. 고작 석 달 만에 똑같이 아프다니. 내 건강에 이상이 생겼구나 하고 깨달은 거지요.

제 증상에 대해 의사 선생님이 해주신 말씀을 차분히 곱씹으면서 제게 운동이 필요하다고 판단했어요. 태권도 했을 땐 정말로 한 번도 아픈 적이 없었거든요.

그런데 제가 운동을 안 해본 것도 아니잖아요. 이전에 했던 운동들을 제하고 나니 딱히 선택지가 떠오르지 않는 거예요. 분명 재미없다고 금방 관둘 게 뻔한데. 그렇다고 안 할 수도 없고. 뭘 해야 할지 구시렁대는데 눈앞에 필라테스 스튜디오가 딱 보이는 거예요. 순간 외쳤어요. 유레카! 바로 이거다!

왜 '이거다!'냐고요? 운동의 필요성을 느끼고 바깥으로 나섰는데, 눈앞에 요가도 아니고 헬스도 아니고 줌바댄스도 아닌 필라테스가 보일 확률이 얼마나 된다고 생각하세요? 저는 이 희박한 확률을 운명이라 부르기로 했어요.

큰 간판의 필라테스 스튜디오로 무작정 들어갔습니다. 곧장 안내 데스크에 앉아 있는 분에게 저 여기 다닐 테니 가격표 좀 보여달라고 했죠. 얼마나 당황스러우셨을까. 후에 알게 된 사실인데 원래는 상담도 예약을 해야 한다더라고요.

아무튼 그렇게 해서 바로 3개월을 결제했어요. 사실 더 할까 싶기도 했는데, 그때까지만 해도 저를 온전히 믿을 수가 있어야지요. 요가와 헬스를 석 달 만에 때려 친 걸로 미루어보아 필라테스도 그럴 것 같았어요. 그러면 다른 운동을 하면 된다는 심산이었지요.

그런데 이게 웬걸? 필라테스가 정말 재미있는 거예요. 마냥 스트레칭만 하는 것도 아니고, 마냥 근육만 키우는 것도 아니고. 두 가지가 적절히 섞여 있어서 다양하게 자세를 잡을 때마다 다른 운동을 하는 기분이었어요.

저는 특히 기구 필라테스를 주로 했었는데요, 큰 기구를 이용해서 운동하고 있으면 '나 정말 운동하고 있구나!' 저절로 느껴지더라고요. 그것만으로도 스스로가 대견했어요. 그러니 매주 빠짐없이 나가게 되고, 운동 나가는 것만으로도 소소한 성취감을 얻고, 그러면 또 재미가 있어지고!

필라테스는 정말 매력적인 운동이에요. 가장 큰 매력은 '숨쉬기'에 있어요. 다른 운동도 마찬가지지만, 필라테스는 호흡이 정말 중요하거든요. 숨을 어떻게 쉬느냐에 따라 운동 효과가 달라져요. 그래서 자세를 취할 때마다 강사님들이 숨 쉬는 타이밍을 체크해주세요.

제가 필라테스 스튜디오에 성실히 출석 도장을 찍을 무렵이 (지수 씨와 함께) 언론고시에 몰두하고 있을 때였어요. 그때 서류 탈락, 필기 탈락, 면접 탈락……. 수많은 탈락을 거듭하면서 숨이 턱 막히곤 했었거든요. 그런데 필라테스를 하고 있으면 언제 숨을 들이쉬고 언제 내쉬어야 하는지 알게 되니까 고른 숨을 쉴 수 있게 되더라고요.

그거 아시죠? 답답한 마음이 들 때 숨을 크게 들이쉬면 진정 효과가 있는 것. 그걸 제대로 알아버린 거예요. 전날 불합격을 마주해도 필라테스에서 숨을 한번 쉬고 나면 괜찮더라고요.

잡념이 사라지는 것도 좋았어요. 필라테스는 꽤 강도 높은 운동이라 다른 생각을 할 틈이 없거든요. 그 힘든 순간 오로지 몸과 호흡에만 집중하는 거죠. 필라테스 선생님의 알 수 없는 요구도 한몫해요. 갈비뼈를 좁게 만들어보라거나 배꼽을 위로 올려보라는, 일상생활 속에서는 한번도 생각지 못한 어렵고 난해한 미션들이 한 시간 내내 쏟아지거든요. 그렇게 한바탕 운동을 하고 나면 '와 이런 곳이 아프다고?' 하는 근육통이 찾아와요.

　우울한 순간이 와도 근육통이 뇌를 지배해버리니 우울할 틈이 없더라고요. 며칠 근육통을 앓고 나면 근육과 함께 체력이 늘고요. 그러면 여력이 생겨요. 상황을 곡해하지 않고 단순하게 바라볼 수 있는 여력.

　그렇게 1년을 죽 결석 한 번 없이 다녔답니다. 이사만 아니었다면 여전히 하고 있었을지 몰라요. 필라테스 다니는 1년 동안은 잔병치레도 전혀 안 하고 행복했었는데. 아, 얘기하다 보니 다시 운동이 하고 싶네요.

　저, 정말 지금보다 더 행복해지고 싶어요.

내 안에 있는 노랠 찾아서

○ 이랑 〈가족을 찾아서〉

ㅈㅅ 저는 '단단한 사람'을 생각할 때마다 영화 〈카모메 식당〉의 사치에를 떠올려요. 먼 나라에서 홀로 조그만 일식당을 운영하며 살아가는 사치에는 무엇에도 흔들리지 않을 것 같은 얼굴을 한 사람인데요, 집에서 혼자 차분하게

무술을 하는 장면을 보고 반해버렸지 뭐예요. 아, 사치에 만큼 단단한 사람이 되기 위해서는 집에서 무술 정도의 신체 활동은 해줘야 하는구나! 생각했었죠. 생각만 오래 했다는 게 문제지만.

그렇지만 좋은 소식이 있습니다. 지난번에 이야기했던 운동, 의외로 꾸준히 하고 있다는 소식이요. 효진 씨 말 대로 운동할 때는 잡념이 사라져요. 매 동작을 시작하고 끝낼 때마다 '도전!' '성공!'이라고 외치며 성취감을 느끼기에도 제격이고요.

그런데 효진 씨가 열네 살까지 태권도를 했다니 정말 의외인걸요. 온몸에 힘을 모아 발차기를 하는 어린 효진 씨를 상상하니 너무 귀여워요. 언젠가 다시 태권도를 시작하고 싶은 마음은 없나요?

사실, 좋아하는 아티스트들의 인터뷰를 보면서 그런 생각을 했거든요. 어렸을 때 조금이라도 했던 활동은 물 흐르듯 자연스레 재능으로 이어지는 경우가 많다고요. 제가 좋아하는 아티스트들은 중학생 때, 늦어도 고등학생 때부터 데모를 만들거나 미디를 다루었더라고요. 그게 아니라면 기타를 치거나 가사를 써왔고요. 스무 살 이후 음악을 시작한 사람들이 꾸준함으로 그 사람들을 이겨낼 수 있을까 생각해봤는데, 제 판단은 불가능하지는 않겠지만 쉽지만은 않겠다는 거였어요.

어렸을 때 가졌던 애정과 꿈은 여러 형태로 재구성되면서 저마다의 나아갈 방향을 결정해주는 것 같아요. 저만해도 그래요. 음악에 대한 애정이 없었다면 라디오 PD에 도전하는 일은 없었을 거예요.

제가 어렸을 때부터 좋아했던 일들을 생각해봤어요. 나는 뭘 좋아했지? 가장 먼저 떠오르는 건 역시 글쓰기에요. 어렸을 때 집에 혼자 있는 시간이 많고 사교적 성격이 아닌 사람은 글과 가까워질 기회가 많잖아요. 저도 그랬던 것 같아요. 책을 많이 읽었던 편인지는 모르겠어요. 중학생 시절 표지가 예쁘단 이유로 일본 작가들의 책을 자주 빌려 읽었어요. 무라카미 하루키, 에쿠니 가오리 등의 작품을 읽으며 인생의 쓸쓸함과 공허함을 다 느껴버린 양 굴었던 생각이 나요.

글에 대한 평가를 처음 받았던 건 초등학교 3학년 때였어요. 일기장에 눈물을 찔끔거리며 엄마가 오늘 집에 늦게 들어왔어요, 혼자 외로웠어요, 슬퍼요 같은 내용의 고발 일기를 썼는데요, 담임 선생님이 그 밑에 '참 잘했어요'라는 도장과 함께 "지수는 글을 잘 쓰는구나"라고 적어주신 거예요. 그 피드백을 보기 위해 그 장을 몇 번이나 뒤적였는지 아마 손때가 잔뜩 타 있을 거예요.

음악을 좋아하게 된 계기는 어렸을 적에 "노래 참 잘한다"라는 평가를 받아서 그런 게 아닌가 싶어요. 일곱 살 무렵에 친척들과 노래방에 가서 이정현의 〈와〉를 불렀는데, 심지어 일곱 살이던 저조차도 노래를 끝내고 '심하게 잘해버렸다'라는 생각이 들 정도였어요. 괜히 좀 머쓱하고 거짓말 같기도 하지만 진짜입니다. 사촌언니들이 감탄하는 표정으로 저를 바라봤던 모습이 아직도 생생해요. 어린 마음에도 '내가 노래에 재능이 있구나' 하고 알 수 있었죠. 그 이후로 가수가 되겠다며 '별★을 꿈꾸는 아이들' 같은 가수 지망생들 카페에 가입해서 노래 부르는 영상을 올리기도 하고 대형 소속사에 오디션을 보러 다니기도 했어요.

이렇게 말하니 대단히 노래를 잘 부르는 것 같지만 전혀요. 원래 어렸을 때 꾸는 꿈은 더 강렬하잖아요. 적당히 어른이 되면 '이걸 왜 해야 돼?'라는 의문을 갖기도 하고,

꿈 뒤편에 있는 안 좋은 모습에도 눈길을 주게 되지만, 어릴 때에는 순수하고 맹목적으로 꿈만 좇는 게 가능하니까요.

저는 사람들의 진로가 크게 두 갈래로 나뉜다고 생각해요. 어떤 사람들은 가지지 않은 것들을 계발하면서 원하는 일을 뚜렷이 설정해 나아가고, 누군가는 기존에 가지고 있는 것들을 발견해 잘 살리는 쪽으로 나아가고요. 저는 항상 제가 무엇을 갖고 있는지 궁금해 하는 사람이에요. 그것들을 삶에서 최대한 활용하고 싶고요. 그래서 늘 제 안을 들여다보려고 해요.

그런데 매일의 일상은 내 안에 있는 것을 찾는 일과 아주 동떨어져 있잖아요. 제가 정말 좋아하는 곡 중에 이랑의 〈가족을 찾아서〉라는 노래가 있어요. 이랑은 이 곡에서 "내 안에 있는 노랠 찾아서"라고 하는 동시에 "이건 뭔가 되게 크게 잘못된 것 같아"라고 반복해서 노래해요. 저는 이것이 꿈을 좇을 때의 아이러니를 말하는 걸로 느껴졌어요. 내 안에 있는 걸 찾기 위해 스스로를 파고들다 보면 어느덧 사회가 요구하는 모습과는 멀어져 있고, 그렇다고 내가 갖고 있는 걸 버리자니 그것도 잘못된 것 같고.

그렇지만 '내 안에 있는 노랠 찾겠다'는 확신과 '이건 뭔가 크게 잘못된 것 같아'라는 의심을 동시에 안고 뭔가 해보거나 앞으로 나아간다는 건 분명 커다란 용기일 거예요. 불안에도 좋은 것과 나쁜 것이 있다고 한다면, 이건 분명히 좋은 불안이겠죠.

효진 씨는 어때요? 스스로의 무엇을 믿고 있나요? 어쩌면 그게 효진 씨를 여기까지 이끌어온 동력이 아닐까요? 잠재된 태권도의 재능이 필라테스로 발현된 것은 아닌지 문득 궁금해지네요.

우리의 꿈

효진아, 너는 비정규직 PD를 하기엔 아까워

ㅎㅈ 일을 시작하고 유독 많이 들은 말이 있다.

"효진아, 너는 프리랜서 PD를 하기에는 아까워."

"공채 준비 같이 하는 거지?"

주로 내가 가진 것들을 좋게 봐주는, 아주 감사한 선배
분들이다. 대부분 공채에 합격한 정규직 PD이기도 하고.
이런 말씀을 하실 땐 꼭 내 눈을 지그시 바라보며 안타까
운 눈빛을 보낸다. '꼭 그럴 거지?'라고 말하는 것처럼. 다
시 한번 정리한다. 그분들은 공채에 합격한 정규직 PD,
나는 프리랜서 또는 계약직이란 수식어가 붙는 비정규직
PD.

방송국 PD가 되는 방법은 크게 두 가지다. 첫 번째는 방송사 공채에 지원해 합격하기. 예전에는 방송사마다 공채 채용 계획이 명확히 있어 각 방송사 공채 시즌을 예상할 수 있었다고 하던데, 내가 준비할 때는 그렇지 않았다. 그나마 종편 채널 정도가 정기적으로 공고를 냈다. 말이 정기지, 매번 '올해는 내기나 할까?' 하는 의구심이 한 번씩 들었다. 라디오 PD는 공고가 뜨기만 해도 감사할 지경이라 예능 PD를 병행해 준비했다. 최근엔 코로나 여파 때문인지 그나마 정기적으로 나던 공고들도 다 예측할 수 없게 되었다고 들었다.

공개 채용 공고가 뜨면 자기소개서를 쓴다. 방송사마다 제시하는 문항이나 글자 수가 다르다. 무턱대고 "당신은 어떤 사람인가요?"를 묻고 2000자를 제시하거나, "당신의 인생에서 가장 중요했던 한 장면을 쓰고 한 줄 평으로 정리하세요"라며 500자를 제시하기도 한다. 문항 개수도 다양하다. 통상적으로는 세 개에서 다섯 개 정도. 간혹 일곱 개도 있다. 모든 문항을 다 쓰면 짧게는 1500자, 길게는 6000자까지 된다.

서류를 통과하면 필기시험을 봐야 한다. 이 또한 방송

사마다, 직군마다 다르다. 기본적으로는 글을 쓴다는 공통점이 있다. 글의 종류는 두 가지다. 작문이나 논술. 작문만 쓰라고 요구하는 경우, 둘 다 쓰라고 하는 경우, 작문 없이 논술만 요구하는 경우도 있다. 라디오 PD의 경우 기본적으로 작문을 보는데, 작문 대신 논술을 보는 방송사도 있다. 그래서 나는 둘 다 준비했다.

물론 글만 쓴다고 끝은 아니다. 글을 쓰기 전 몸풀기마냥 시험을 하나 더 본다. 상식 시험이다. 인적성 시험을 보기도 한다. 대체로 시험 과목을 공고에 명시하지만, 시사 상식인지 일반 상식인지 인적성인지 명시하지 않는 곳도 있다. 그래서 어떤 시험을 보러 갈 땐 시사 상식과 인적성을 동시에 대비하고 갔다.

대체로 상식 시험이나 인적성은 가볍게 여겨진다. '시사 상식보다는 글이 중요하다', '인적성은 그냥 보는 거다'와 같은 말이 있을 정도다. 실제로 시사 상식에서 가채점 80점을 넘긴 필기시험은 불합격했고, '30점은 나올라나?' 하며 머쓱해 했던 인적성 시험을 봤을 땐 합격했다. 개인적으로는 필기시험 과목에 경중이 있다고 생각하진 않는다. 떨어질 구석이 있었으니 떨어졌겠지.

필기 전형으로 한 고비 넘기고 나면 면접 전형이 기다리고 있다. 어떤 곳은 필기 통과 후 실무 면접, 최종 면접 이렇게 두 번의 면접으로 끝내고, 어떤 곳은 합숙 면접 후 인턴을 진행한 뒤 임원 면접을 보기도 하고, 또 어떤 곳은 'PD 오디션'이라는 이름으로 실무 면접을 진행한 뒤 기획안 PT 면접인 듯 임원 면접인 듯한 것을 치룬 뒤 인턴으로 몇 주 지내게 한 후에 최종 면접을 보기도 한다. 뇌리에 박힌 면접 중 하나는 높은 직급의 면접관이 "그래서 잘하는 게 뭐야? 우리는 열심히 하는 건 필요 없어. 잘하는 게 중요해"라며 대뜸 반말로 물어봤던 자리다.

이 과정을 다 통과하면 공채 PD가 된다. 각 전형이 모두 다 진행되면 계절이 바뀐다. 여름에서 가을, 가을에서 겨울, 봄에서 여름. 두 계절 동안 마음을 졸이며 합격 여부를 기다린다. 나는 두 계절까지 갈 것도 없었다. 보통의 지망생들처럼 필기 전형에서 많이 떨어졌다. 그때마다 원인을 알 수 없어 괴로워했다.

현직 PD들에게 내 글을 보여주면 늘 칭찬을 받았다. 혹시 논리가 부족해 그런 걸까 싶어 현직 기자에게도 보여주면 관점이 신선하다는 평을 들었다. 기자와 PD 지망생이 잔뜩 모인 글쓰기 대회에서 작문 부문 1등을 하기도 했다. 1등이라며 상을 받던 날, 이렇게 쓰면 어디든 꼭 붙을 거라는 말을 들었다. 그럼 시험 보는 족족 떨어지는 내 글은 어디서부터 잘못된 거지? 그냥 글을 쓰는 내 자신이 잘못된 걸까? 이런 생각을 했다.

지금까지 PD가 되는 첫 번째 방법이었다. 두 번째는 프리랜서, 계약직 등 비정규직 PD 공고에 지원해 합격하기. 이 과정은 어렵지 않다. 잡코리아, 사람인, 미디어잡 같은 구직 사이트, 언론사 지망생이 모인 카페 등등 프리랜서 PD를 구하고 있다는 공고를 찾아 지원하면 된다.

자소서도 대부분 간단하다. 자유 형식이라 내가 쓰고 싶은 만큼 쓰면 된다. 경력이 있으면 포트폴리오와 함께 제출한다. 한번 만나서 얘기하자는 전화를 받고, 면접 중 당장 내일 나올 수 있느냐는 질문에 그렇다고 하면 당장 내일부터 출근할 수 있다. 비정규직 PD는 채용 공고가 늘 올라와 있다. 좀 급한 모양새다. 그래도 프로그램 이름, 장르명으로 공고가 올라오니 자기가 좀 더 하고 싶은 프로그램, 분야를 선택해 지원하면 된다.

내가 비정규직 PD가 된 건 정규직이 못 돼서다. 너무도 간단한 인과다. 오랜 시간 마음을 쏟고 내 능력을 평가받아야 하는 일에 지쳤다. 어떤 과정 없이 일을 바로 시작하고 싶은 마음도 컸다. 그래서 비교적 쉬운 과정인 두 번째 방법을 선택한 것이다. 비정규직으로 시작했다고 해서 내가 부족한 인간이라고 생각하거나 열등감을 가지고 있느냐. 절대 아니다. 공채 전형 과정들이 내가 가진 것들을 보여주기엔 적합하지 않았다고 생각한다.

막상 일을 시작해보니 정규직이든 비정규직이든 하는 일은 크게 다르지 않았다. 오히려 여기저기 움직일 수 있다는 점이 내겐 장점으로 작용해서 나만의 전문성을 기르고자 하는 마음이 더 강해졌다.

게다가 내가 닮고 싶지 않다고 생각한 PD는 대부분 방송사 공채 PD였다. 면접에서든 특강에서든 어디에서든. 공채에 합격했다는 사실에 도취되었거나 안정적인 구조에 기대어 나태해졌거나. 가끔은 비정규직 PD들을 비하하기도 했다. 내가 공채에 합격하지 못해 저런 사람을 직속 선배로 두지 않을 수 있어서 다행이라고 안도한 적도 있다.

그런데 사람들은 내게 자꾸만 말한다. 비정규직을 하기엔 아깝다고. 이제는 묻고 싶다. 비정규직 PD를 하기에 아깝지 않은 사람은 누구인지. 비정규직을 하기에 아깝다는 말은 내가 한 달에 2일 빼고 다 일하면서, 심지어 밤샘 업무를 매일 해내면서 추가 수당은 물론 택시비도 지원받지 못하는 게 안타깝다는 것인지. 그렇다면 그런 안타까운 일이 아깝지 않은 사람도 있다는 것인지.

내가 정규직을 해야 아깝지 않은 사람이라면 구조에 기대어 나태해지기라도 해야 한다는 말인 건가. 정규직이 되어 비정규직을 비하할 수 있는 마음을 가져보라는 건 절대 아닐 것이다. 그렇다면 정말 혹시! 공채라는 말에 도취라도 되어보라는 것일까. 권위나 권력 같은 건 마치 마약과 같으니까.

예전에 학교 과제로 칼럼을 써서 현직 기자이던 교수님에게 칭찬을 받은 적 있다. 그 글을 이렇게 끝맺음 했더랬다. 권력은 병, 중독, Overdose. 그때도 한 방송사 고위 간부의 안일한 태도를 비판했던 것 같은데 그 과목의 성적은 A+이었지……. 흠, 생각이 여기까지 이어지는데도 정말 모르겠다. '비정규직을 하기엔 아깝다'는 그 말의 진의가 정녕 무엇인지.

아, 선배들! 정답을 알려줘!

"봐, 허투루 지나가는 건 없지?"

ㅈㅅ "지원한 분야가 아마 경제 쪽으로 바뀔 것 같은데 괜찮겠어요?"

경제지와 나의 인연은 아주 우연하게 시작되었다. 면접 때 받은 저 질문에 "안되겠습니다"라고 대답했다면 나는 경제지 기자라는 직함을 달지 못했을 것이다. 그도 그럴 것이 기자 시험을 준비해본 경험도 없었을뿐더러 경제 분야는 무슨 수를 써서라도 피해왔었다. 대학교 입학 때 영어영문학을 전공으로 선택한 것도, 복수전공으로 신문방송학을 선택한 것도 그래서였다. 같은 과에서 경영학이라든가 경제학 등을 복수전공하는 친구들이 많았다는 사실을 잘 알고 있었음에도 말이다.

나는 경제지에서도 문화/레저를 다루는 분야에 지원했다. 지원 계기는 명확한 듯 모호했다. 라디오 PD 준비

기간이 길어지면서 어떤 형식이든 언론사 시험 실전 경험을 얻고 감을 잃지 말아야 한다는 조바심이 있었고, 그래서 PD 공고보다는 자주 올라오는 기자 공고에 종종 지원을 하곤 했었다.

라디오 PD 공채 과목에는 크게 상식과 작문이 있고, 기자 시험 과목에는 상식과 논술이 있다. 상식에는 공통 상식도 출제되지만 직군별로 조금씩 다른 종류의 문제도 출제되었다. 라디오 PD 시험에는 기자 상식 시험엔 나오지 않을 영화 관련 문제나 아이돌에 관한 문제 또한 출제되곤 했다.

내용도 과목도 달랐지만 1년에 치를 수 있는 라디오 PD 공채 시험이 네 번 안팎에 지나지 않았던 당시의 상황에선 어떤 시험이든 지원하고 성실히 임하는 것이 언론사 시험에 대한 실전 감각과 끈을 놓지 않는 방법이라고 여겼다. 아마 라디오 PD 공채 시험의 문이 나날이 좁아지고 있다는 불안감도 한몫했을 것이다.

물론 몇 번씩 기자 시험을 치르면서도 큰 기대는 하지 않았다. 기자직 지원자들 또한 누구보다 그 직업에 대한 열망이 강한 사람들이다. 이 직업을 갖고 싶은 이유가 명확하고, 그를 위해 차분히 실력을 벼려온 사람들이라는 사실도 잘 알고 있었다.

당시의 나는 라디오 일을 하고 있었지만 어쨌든 '지망생'이었다. 현직과 지망생이라는 타이틀을 동시에 가질 수 있어 두 가지 토끼를 다 잡은 양 힘차게 발걸음을 옮긴 적도 분명 있었다.

그러나 양손의 힘은 서서히 풀려갔고, 이젠 다리의 힘까지 풀려 주저앉을 것 같은 날들이 이어지고 있었다. 그토록 깊은 애정을 가졌던 라디오였는데 더 버틸 수 있을까. 자문하는 날들이 늘어갔다. 몇 년간 지속된 불안정함과 사라지는 효능감에 몸과 마음의 체력이 점점 고갈되어 갔다.

그때 지원한 기자직 공고에 덜컥 합격을 해버린 것이다. 원래대로라면 나는 기자보다는 에디터 형태로 일을 했어야 했다. 내가 큰 애정을 갖고 있던 문화 분야에서. 그러나 중간에 매체의 성격이 바뀌는 일이 있었고, 그래서 상식 시험을 보고 논술 시험을 치르고 현장 르포 작성 시험을 치른 후에 두 차례의 추가 면접을 보고, 경제지 기자가 되었다.

최종 합격 소식을 듣고 어안이 벙벙했다. 기쁨보다는 '포기'라는 두 글자가 머릿속을 맴돌았다. 꿈을 포기한 사람이 되고 싶지 않았다. 라디오 팀에 합격 소식을 전하면서 울었다. 오랫동안 사랑했던 연인과의 이별을 결정해야 하는 기분이었다. 쉽사리 이직 여부를 결정하지 못해 팀에 민폐를 끼쳤다. 아직까지 이렇다 할 '포기'가 없었던 삶에 커다란 낙인을 남길 것 같다는 불안감이 컸다.

준비 기간 동안 얼마나 마음앓이를 했는지 지켜본 지인들 몇몇은 "네가 지쳤다면 그만해도 돼"라고 말했다. 또다른 지인들은 "시간을 벌어. 네가 원하는 일에 끝까지 도전해봐"라고 말해주었다. 그때 받았던 모든 조언과 응원들은 아직도 마음 한구석에 따뜻하게 남아 있다.

결국 나는 경제지 입사를 결정했다. 꿈을 좇는 것도 좋지만 나를 은근하게 감싸던 '지망생'이라는 안전지대를 벗어나야 할 필요성이 더욱 절실했다. 내가 생각하는 기자는 무척 힘든 직업이었다. 책임감이 큰 직업이었다. 그러나 그 모든 것을 감당하고 제대로 부딪쳐보고 싶었다. 그런 종류의 고통이 오히려 내 숨통을 트여주리라 생각했다.

다시 시작이었다. 주변 지인들의 따뜻한 응원을 받으

며 들어간 매체에서 냉정히 스스로를 설명할 단어들을 찾아야 했다. 한번은 입사 초기에 "왜 기자가 되려고 하나요?"라는 질문에 라디오 PD를 준비했었다는 이야기를 꺼낸 적이 있다. 말실수를 했다고 생각했다. 스스로에게 화살을 쏘며 되뇌었다. '그럼 되던가.'

꿈이 전부였던 시절에서 꿈이 나에 대해 아무것도 설명해줄 수 없는 시기로 넘어온 기분이었다. 나를 생각해주는 사람들조차 "다시 돌아가는 건 어때?"라고 물었고, "문학소녀가 파이터가 되려고 왔다"라는 말도 있었다. "생각과는 다를 것"이라며 못 버틸 걸 예상하는 말도 있었고, "기자나 해보려고 온 거야?"라는 말도 들었다.

'나는 정말 기자나 해보려고 온 건가.'

말에는 부정적인 힘도 긍정적인 힘도 있어서 어떤 말은 듣고 나면 되뇌지 않을 수 없었다. 이쪽도 저쪽도, 심지어는 스스로도 긍정할 수 없는 시간들이 흘러갔다. 그러나 그 시간들을 버틴 것은 그와 함께 얻어지는 안정감과 소속감 때문이기도 했다. 선배들로부터 교육을 받고, 함께 현장에 나가고, 동기들이 생기고, 계약서를 쓰는 일련의 과정들이 나는 좋았다.

남은 것은 잘 버텨내는 일이었다. 당시 내게 가장 중요했던 것은 두 가지였다. 내가 이곳에 온 이유를 스스로 찾아내는 것, 그리고 잘해낼 수 있다는 사실을 증명하는 것. 그리고 나는 운이 좋게도 기회를 얻었다. 당시 팀에서는 '남기자의 체험리즘'과 같은 체험 형식의 콘텐츠를 제작하려고 했고, 나는 손을 들고 외쳤다.

"뮤지션 도전기를 써보고 싶습니다!"

나의 도전기를 내세워 뮤지션 지망생들 혹은 뮤지션들의 이야기를 담아보겠다는 구상이었다. 매주 라디오에서 뮤지션들의 이야기를 들어왔던 만큼 그들에 대해 쓰는 것은 자신 있었다. 무엇보다 지금 이 시점에 이 일을 하지 않으면 안 될 것 같았다. 다행히 기획은 승인을 받았고, 나는 무슨 일을 해서라도 잘 해내야겠다고 결심했다. 길을 걸으면서도 어떤 문장을 덧대면 좋을지, 구성은 어떻게 하면 좋을지 끊임없이 고민했고, 주말을 다 할애하면서 신나게 기사를 썼다.

지금 와서 돌아보면 결과물은 더없이 부끄럽다. 그러나 그 열정만큼은 어디에 내놓아도 부끄럽지 않다. 내게 열정이 있다는 것을, 그 마음을 가지고 더 좋은 일을 할 수 있다는 사실을 깨닫자 나아갈 힘이 생겼다. 당시 뮤지션들의 이야기를 다루는 기사를 쓰고 있다는 말을 전하자 라디오 프로그램에서 함께 일했던 작가님이 이렇게 대답해주셨다.

"봐, 허투루 지나가는 건 없지?"

그 말을 듣자 비로소 나의 지금이 켜켜이 쌓아왔던 과거로부터 비롯되었다는 것을 알 수 있었다. 늘 뒤처지는 것은 아닐까 고민하면서도 무엇인가를 끊임없이 해왔던 시간들. 방향을 고민하던 시간들은 어쨌든 어디로든 나를 이끌고 있었다.

그 시간을 지나며 깨달은 것이 있다. 허투루 지나가는 건 없다. 허투루 지나가지 않도록 할 것이다. 그것이 무엇이 되었든 말이다.

'좋아'할 것인가,

좋아 '할' 것인가

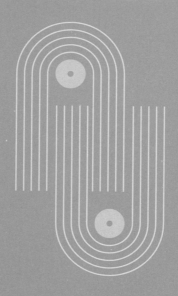

김효진은 새로운 환경 속에서 일을 하고자 방송국을 떠나 웹 콘텐츠 PD가
된다. 강지수는 깊은 슬럼프에 빠진다. 새로운 시선을 받아들이면서도
나답게 사는 방법을 고민한다.

나의 성취로 증명해야만 해

○ Fisherman 〈DOOM〉 (feat. BewhY)

ㅎㅈ 지난번 운동 이야기를 하다가 마지막에 물으셨죠? 스스로의 무엇을 믿고 있느냐고. 그러게요. 난 무엇을 믿고 살아가고 있는 걸까. 이 질문을 제 머릿속에서 며칠째 굴렸어요. 무엇이 날 이토록 이끌고 있는 걸까 싶었거든요.

요즘 저는 말도 안 되는 스케줄에 둘러싸여 있어요. 업무가 마구 쏟아지는 중이랍니다. 이거 끝나면 저거 해야 하고, 저거 끝나면 그거 해야 하고……. 거기에 짬 내서 음악 평론도 쓰려니까 제 몸이 두 개였음 싶어요.

매일 밤새는 건 말할 필요도 없어요. 이제는 해가 뜨

기 전인 새벽 5시나 6시에 퇴근을 하면 제때 집에 가는 기분이 들어요. 세어보니 한 달 동안 2일 정도 쉬었더라고요. 전에도 말씀드렸지만, 쉴 수 있는 시간들은 모조리 평론에 쏟고 있어요.

그냥 하나 관두면 되지 않나 싶을지도 몰라요. 과욕이 부른 참사라고 해도 뭐 할 말 없으니까요. 그런데 저는 이상하게 제가 하고 싶은 것도, 하고 있던 것도 다 하고 싶어요. 일을 시작하니 더 그래요. 경제적으로 수입을 쥐어주는 직업인 PD로 제 커리어를 쌓고 싶고, 명예직에 가까운 평론가라는 직업은 PD를 시작하기 전부터 해오고 있었으니 계속해야 한다고 생각해요. 제가 선택한 일이니까요. 사실 그 외에 사이드 프로젝트라 할 만한 것들도 여럿 하고 싶은데, 시간과 체력이 허락하지 않아 참고 있는 중이에요.

이런 이야기는 활기차게 쓰고 싶은데, 솔직히 요즘 많이 지쳐 있는 상태예요. 알 수 없는 무언가가 저를 옥죄는 것 같아요. 하나의 프로그램이 만들어지기까지 굴러가는 제작 시스템이 나와 맞지 않는 걸까 싶기도 하고, 일주일에 하루 쉬면 감사한 생활이 이어지는데 그에 맞게 돈이

벌리지 않아서일까 생각도 해봤어요. 그런데 모르겠어요. 모든 게 다 뒤섞여서 제 목에 턱 하고 감긴 것 같아요. 출근과 퇴근의 경계가 불분명하고 며칠씩 밤새며 일하는 게 당연하다는, 아니 그 정돈 '아무것도 아닌' 취급을 받는다는 게 참.

무엇보다 저를 고달프게 하는 건 혼자 있는 시간의 부재예요. 아시다시피 저는 홀로 있는 시간에 에너지를 채우는 사람이잖아요. 일을 하든 휴식을 취하든 간에요. 그런데 아직 연차라는 게 없는 저에게 '혼자 있는' 시간은 언감생심이에요. 무얼 하든 어떤 결정을 내리든 누군가의 허락이 필요하지요. 어느 날에는 문득 '내가 좋아하는 게 뭐더라?' 하고 자문하게 되더라고요. 이런 환경에서 일주일 중 7일을 생활하고 있다니.

얼마 전엔 2박 3일 동안 편집실에 붙어 있었는데, 나이 어린 막내 PD가 편집실에서 왈칵 눈물을 쏟더라고요. 그걸 보고 토닥여주다가 저도 같이 울고 말았어요. 사실 그 전부터 스트레스가 쌓였는지도 몰라요. 그런데 그냥 무시했던 거겠죠. 스스로 괜찮다, 괜찮다 하면서요. 다들 이 정도는 버틴다고 하니까. 원래 이쪽 일은 이렇게 힘들다고 하니까. 이것도 못 버티면 이쪽 일은 다시는 못 할지 모른다는 불안감도 조금 있었을 테고요.

곧장 선배에게 찾아가 관두겠다고 했던 것 같아요. 하도 울어서 정확히 기억은 안 나지만요. 막 울면서 요즘은 정말 딱 죽고 싶으니 제발 저 좀 보내달라고요. 못 버티겠다고, 관두고 싶다고, 무엇보다 살고 싶다고.

그런데 선배가 저한테 그러더라고요. 미안하다고, 그런데 버텼으면 좋겠다고요. 이거 끝낸 뒤 '2년 차' 달고 다른 데 갔으면 좋겠다고요. 이거 버티면 다른 프로그램은 수월하게 더 잘할 수 있으니 지금 관두지 말라고 제 손을 잡고 말하더라고요.

처음엔 이게 다 뭔 소용인가 싶었어요. 그런데 2년 차 경력, 이거 버티면 다른 프로그램 수월하게 잘할 수 있다는 말에 넘어가고 말았어요. 진짜 웃기죠.

제가 일하면서 확실하게 느낀 한 가지는, 제가 이 일을 정말 좋아하는 사람이라는 거예요. 뭐가 되었든 전 콘텐츠를 기획하고 제작하는 데 흥미가 있는 사람이 맞아요. 그러니 살인적인 스케줄도 버티고 또 버틴 거겠죠. 이직을 하더라도 콘텐츠를 기획하고 제작하는 사람이고 싶어요. 그게 방송 프로그램이 됐든 뉴미디어 콘텐츠가 됐든 지 간에요. 그러니 순간 한 달만 버티자는 생각이 들더라고요. 저 진짜 미친 거 같지 않아요?

저는 제가 '일'로 크게 성취를 이룰 수 있다는 믿음을 품고 살아요. 그럴 것 같아요. 어디에 속박되지 않고 내 색깔을 끊임없이 뿜어내며 살아가는 사람이 될 수 있다는 믿음도 있고요. 그래서 콘텐츠도 만들고 싶고, 글도 쓰고 싶고, 다 하고 싶은가 봐요.

아직은 둘 다 걸음마 수준이라 더 해야 한다고, 이렇게 글을 쓰면서 스스로를 채찍질하고 있는 거예요. 이렇게 살다 보면 언젠가 제 색깔이 뚜렷하게 드러나는 뭔가를 만들며 살 수 있지 않을까요? 전 정말 그렇다고 생각하거든요. 그러니 버텨볼게요. 채찍질 좀만 더 해보면서.

이러다 정말 죽겠다 싶을 땐…… "저 좀 살려주세요!"라고 외치고 다른 일 알아보겠습니다.

희한한 시대에서 열심히 사는구나

○ 옥상달빛 〈희한한 시대〉

ㅈㅅ 효진 씨, 잘 버티고 있다고 생각했는데. 제가 늘 말도 안 되는 업무 강도라 말했었잖아요. 그런데 선배 앞에서 왈칵 울었다는 이야기를 들으니, 정말 이 악물고 버텨왔구나 싶어 마음이 무거웠어요. 내려놓고 싶을 때마다 몇 번이나 마음을 다잡았을까. 사실 버틴다는 표현이 맞는지 모르겠어요. 어찌됐든 우리가 선택한 일이니까, 이걸 발판으로 더 많은 일들을 하고 싶으니까 계속하는 거잖아요. 누구도 여기 남아 있으라고, 여기에서 일하라고 등 떠밀지 않았는데.

혹시 옥상달빛의 〈희한한 시대〉라는 노래 들어보셨나요? 위로의 아이콘이라고 불리는 옥상달빛인데, 한 인터뷰에서 이 곡을 내고 달라진 화법으로 위로할 수 있게 되었다고 자평한 내용을 봤어요. 저 또한 그렇게 생각했고요.

실제로 이 노래 가사에는 구체적인 소재들이 잔뜩 등장해요. 옥상달빛은 이 시대가 희한하다고 이야기해요.

톱니바퀴 속 부품으로 사는데 그마저도 입을 닫고 살아야 하고, 사랑에 정복당할 시간조차 없다고요.

특히 "마지막 저금통장에 남은 19만 원을 들고서"라는 가사를 보고서는 19만 원이라는 구체적 금액에 무릎을 탁 치기도 했어요. 19만 원은 분명 적은 돈은 아니긴 한데, 별다른 걸 할 수 없는 돈이기도 하잖아요. 어디로 1박 여행을 다녀오기도 빠듯하고. 노래의 주인공은 이 돈을 쥐고 어디로 떠날까 고민을 해요. 어디로 갈 수 있을까요?

이 곡을 들으면 라디오부에서 프리랜서로 일하던 시절이 떠올라요. 혹시 〈프란시스 하〉라는 영화를 보신 적 있나요? 주변 친구들이 이 영화의 프란시스를 보고 많이 공감했는데, 저 또한 그랬어요. 프란시스는 꿈은 있지만 직업을 갖고 있다고 하기엔 애매하고, 집을 구할 돈이 없어 친구의 집에서 임시로 방을 구해 사는 신세죠. 하지만 그런 상황에서도 큰 배낭을 메고 힘차게 달려가잖아요. 저는 그 장면이 이 영화의 명장면이라고 생각해요.

버스와 배낭, 자전거, 오르막길. 얇은 통장과 좁은 원룸. 가방 가득 담긴 숱한 책들. 프란시스는 누군가에게 불편을 상징하는 이런 것들을 청춘을 활활 불태우는 모습인

양 자랑스럽게 여겼을 거예요. 저 또한 마찬가지였고요. 일에서도 그랬죠. 설령 비정규직일지라도, 돈을 덜 받는다고 해도 꿈에 한 발짝 다가가는 일과는 무엇이든 맞바꿀 수 있었어요. 언젠가 이 분야에서 자리를 잡을 거란 확신도 있었고요.

그러나 프리랜서 일과 지망생 생활을 2년 반가량 병행하는 생활은 서서히 이런 믿음에 균열을 주었어요. 조연출에서 작가로 업무가 바뀌면서부터는 프로그램에 대한 애정도 책임감도 훨씬 커졌는데, 공채 준비를 같이하다 보니 일에 전부를 쏟을 수 없어 자괴감이 컸어요. 공부의 틈바구니를 비집고 일을 하는 것도, 일의 틈바구니를 비집고 공부를 하는 것도 서서히 버거워지기 시작했고요.

당시 제 연료는 바닥날 대로 바닥나 있었던 것 같아요. 꿈을 위해 힘차게 발을 내딛기는커녕 표정이 좋지 않아 주변 사람들에게 무슨 일 있느냐는 얘기를 듣기 일쑤였죠. 그러면서도 '나는 왜 내가 선택한 일조차 견디지 못할 정도로 약할까' 자책하는 마음 때문에 주변 사람들한테 쉬이 속내를 털어놓지도 못했어요.

그때 저는 그렇게 생각했던 것 같아요. 나 힘들어, 하고 약한 모습을 드러내면 여기에 있을 자격이 없어져버린다고요. 좋은 기회를 얻어 제가 그렇게나 원하던 라디오 일에 참여할 수 있었는데, 만약 제가 나간다면 뒤에 줄을 서 있던 다른 사람이 하루 만에 제 자리를 채울 게 뻔했죠. 그 누구도 여기에 있으라고 말하지 않았으니, 견디는 것은 오롯이 제 몫이라고 생각했어요.

밤 12시에 끝나는 심야 프로그램 생방송을 마치고 집으로 돌아오면 직전 방송이 남기고 간 행복한 여운을 곱씹으면서도 무엇인지 모를 답답함이 목구멍 아래를 꾹 누르는 것만 같아 편히 잠들지 못했어요.

나중에야 깨달았어요. 저는 희한한 시대를 살아가고 있었다는 걸요. 비록 처음 꿈꾸었던 일은 아니지만, 정규직으로 고용이 되고 저를 챙겨주는 선배들이 생기고 나서야 숨통이 트이는 스스로를 보니 알겠더라고요. 그걸 깨닫고 난 다음에야 꿈을 배신했다는 자책에서 좀 자유로워질 수 있었어요. 그리고 제가 처해 있던 상황을 비교적 멀리서 돌아보았죠. 나는 꿈을 가졌단 이유로 스스로에게 꽤나 못살게 굴고 있었구나. 여러 불안감이 나를 꽤나 짓누르고 있었구나.

요즘에는 잘 살고 싶다는 생각을 많이 해요. 생각했던 대로 살지는 못하더라도 내 몸과 마음을 덜 괴롭히고 싶다는 생각을 해요. 벌써부터 이런 생각이 드는 건 나태해졌다는 신호일까요? 친구들에게 "좀 더 열심히 살걸 그랬어" 혹은 "벌써부터 편해지고 싶다는 생각을 하는 건 나태한 걸까?"라고 하면 불같은 화가 돌아와요. 네가 몰라서 그렇지 돌아보면 너 엄청 열심히 살았다면서요. 아마 효진 씨도 비슷한 대답을 듣는 사람이겠죠.

어떤 어려움이 있어도 우리가 선택한 길을 묵묵히 걸어가면 좋겠어요. 그렇지만 너무 자신을 해치지 않는 선에서라면 좋을 텐데. 언젠가는 지금과 다른 결정을 내릴지도 모르죠. 그게 더 나은 곳으로 우리를 데려가 줄지도 모르잖아요. 우리 같은 생각을 하는 청춘들이 더 많아졌으면 좋겠어요.

우리는 자유로이 살아가기 위해 태어난걸

○ 이상은 〈삶은 여행〉

ㅎㅈ 오늘은 간만에 쉬었어요. 계속 미루던 방 꾸미기를 했답니다. 달력도 새로 달았어요. 그러고 보니 2020년도 얼마 남지 않았더라고요. 지금 이 글을 쓰고 있는 오늘은 2020년 12월 27일이에요.

크리스마스인 25일에는 출근을 했고, 밤새 일한 뒤 26일 밤에나 퇴근할 수 있었답니다. 매년 크리스마스를 뜻깊게 보냈다거나 어디에 기록할 만한 일을 한 것은 아니었지만, 밤샘 업무라니. 앞으로 크리스마스 때마다 2020년 크리스마스엔 뭘 했는지 뚜렷하게 기억할 수 있겠어요.

일하면서도 이런 생각이 들었답니다.

지수 씨는 연말 계획이 따로 있나요? 아니다, 질문을 바꿀게요. 혹시 새해 계획은 세우셨나요? 저는 거창한 계획은 아니지만 몇 가지 위시 리스트를 적어두긴 했어요. 저에게 2021년은 꽤 중요한 한 해가 될 것 같거든요.

왜 그러냐 하면, 제가 이직에 성공했습니다! 짝짝! 새해에는 TV 프로그램을 만드는 PD에서 웹 콘텐츠를 만드는 PD가 되어요. 업무를 변경했어요. 아니, 업무의 결을 바꿨다는 표현이 맞겠네요.

업무의 결을 바꾼 이유는 새로운 플랫폼에서 일해보고 싶다는 욕심 때문이에요. 방송국 제작 시스템은 제 생각보다 훨씬 더 세분화되어 있더라고요. 거기다 팀 단위가 커서인지 갓 들어온 팀원의 의견은 거의 반영되지 않고요. 저는 그게 정말 힘들었어요. 콘텐츠를 기획하고 제작하는 일이 내 적성과 안 맞는 건지 고민할 정도로요. 그런데 그건 절대 아니에요. 저는 하고 싶은 콘텐츠 기획안이 늘 머릿속에 있는 사람이니까요.

문제는 기분이었어요. 내 콘텐츠를 만드는 게 아닌 것 같은 기분. 내가 제작에 참여하고 있는데, 내 것이 아닌 느낌. 그렇다면 나는 여기에 존재할 이유가 있는 건가? 계속 자문하게 되더라고요. 결국 나 없어도 될 것 같은데, 라는 답이 돌아왔죠.

저번에도 말했지만, 스케줄도 너무 살인적이잖아요. 그래서 팀 단위가 작고 제 의견이 적절히 반영되면서 빠르게 의사결정이 이뤄지는 곳에서 일하고 싶다는 생각이 더 강해졌어요. 떠오르는 걸 빠르게 실험해볼 수 있는 곳이요.

결론적으로, 속한 곳의 구조가 바뀌면 일을 대하는 기분이 조금은 달라질까 싶어서 결을 바꿔 이직을 하게 되었다는 이야기입니다. 사실 원하던 음악 분야는 아니지만, 그럼에도 낯선 시스템 속에서 제가 새로이 체득할 것들이 많지 않을까요? 그것들이 모여 먼 훗날 제가 원하는 음악 콘텐츠를 만들게 될 때 어떤 시너지를 낼지도 모를 일이죠.

제가 2021년도 제 사주에 대해 말했던 것 같은데, 모든 사주 사이트에서 말하길, 2021년에 제게 이동 운이 있대요. 그게 제게 좋은 쪽으로 작용할 거라고요. 그래서 제가 곧 맞이하게 될 '이동'이 좋은 영향을 줄 거라는 기대가 생기나 봐요.

2021년이 되면 스물아홉이에요. 보편적으로 아홉수라 불리는 나이지만, 저는 하나도 신경 쓰이지 않아요. 제 스물아홉은 꽤 재미있을 것 같거든요. 새로운 시스템 속에서 새로운 일을 배울 테고, 좀 더 적극적으로 일할 수 있을 것 같아요. 그렇게 조금씩 제가 원하는 곳에 한 발짝 더 나아가려고요. 어쩌면 제 이름을 어딘가에 아로새길 수 있지 않을까 하는 터무니없는 기대도 생기네요.

스물아홉의 저는 하고 싶은 일을 하며 자유로이 살아갈 거예요.

ps. 저 퇴사하는 날에 침대에 누워 〈이터널 선샤인〉을 보려고요. 이유는, 그냥 제가 좋아하는 영화라서요. '취향 되찾기'의 일환이랄까.

마음은 언제나 진실된 구석에 앉아야 하는걸

○ 김목인 〈결심〉

ㅈㅅ 연말까지 일기를 꼭 쓰겠다고 했는데, 역시나 1월을 넘겨버렸네요. 지금은 2021년 1월 2일이에요. 집에서 잘 쉬고 있나요? 퇴사하는 날 보겠다던 〈이터널 선샤인〉은 잘 보고 있는지. 그동안 너무 고생했어요. 정말 고생했을 때 이 말 들으면 되게 찡한 거 알죠?

효진 씨의 이직 준비 얘길 들으면 정말 와, 라는 감탄사밖에 안 나와요. 어떻게 밤새 일하는 와중에 틈틈이 자기소개서를 써서 보내고 면접도 보고 할 수 있죠? 옆에 둔 2021년 버킷 리스트에 한 줄 추가해봤어요. '내년에는 효진 씨의 성실함을 좀 닮자. 제발 좀 닮자!' 어쨌든 1월 초입부터 거대한 변화가 있었으니 올 한 해는 힘차게 시작할 수 있겠네요.

저도 효진 씨가 방송국에서 느꼈던 기분 백번 공감해요. 누구든 회사에 처음 들어오면 대단한 일을 할 순 없겠지만, 방송국에 온 사람들은 대개 왕성한 창작욕을 갖고 있잖아요. 이걸 잘 풀어낼 수 없을 때, 그런 상황에 익숙해져갈 때 심한 자괴감이 들죠. 저도 직장 옮길 때 비슷한 생각을 했어요. 전직을 고민할 때 기자로 일하다가 에디터로 새로운 일을 시작한 분께 이런저런 고민을 털어놓고 상담한 적이 있는데, 정확히 짚어주시더라고요.

"지수 씨는 주체적으로 일할 수 없다는 점을 답답해하는 것 같아요. 기자가 되면 그런 점에서 오는 답답함은 많이 해소될 거예요. 그렇지만 결국 어떤 기사를 쓰고 싶은지가 중요해지는 순간이 와요. 그걸 잘 고려해보면 좋겠어요."

사실 올해 제 운세는 효진 씨와는 정반대예요. 얼마 전 효진 씨가 추천해준 집 말고 다른 데 가서 신년운세를 보고 왔다고 했잖아요. 거기서 그러더라고요. 다른 일에 욕심내지 말고 지금 일하는 곳에서 성장할 생각을 해야 한다고요. 혹시나 하는 마음에 인터넷의 무료 사주도 다 뒤져봤는데 마찬가지였어요. "네 본업이나 잘해"라는 이야기를 구구절절 늘어놓더라고요.

비슷한 결의 고민을 해오던 중이라 그랬을까요? 사주를 보고 나니 생각이 더 많아졌어요. 걱정이 덕지덕지 붙은 얼굴로 찾아온 사람에 대한 예의인지, 뭐 내년이 나쁘지만은 않을 거라고 얘기해주긴 했지만요. 저도 이 일을 시작한 지 곧 2년이 되거든요. 너덜너덜해진 마음을 보면 떠나는 게 맞겠다 싶기도 한데, 아직 배울 게 많다고 생각하면 또 그렇지 않아요. 아직 모르는 게 많아서, 익숙해지지 않아서 힘든 거라면 조금 더 버티는 게 맞는 거잖아요.

저는 스물아홉이란 나이가 걱정이 돼요. 아니, 이 나이가 수반하는 불안감에 말려들 제가 사실은 걱정이 돼요. 서른에는 어떤 답을 찾을 것 같단 생각이 드는데, 올해까지는 충실히 헤맬 것 같아요. 좋은 30대를 맞기 위한 고민의 과정이었으면 좋겠어요.

최근 친한 친구가 하고 싶은 일을 하겠다며 잘 다니던 직장을 그만두었는데, 이 일로 남자친구에게 차였다고 고민 상담을 해왔어요. 연상의 남자친구였는데, 갑자기 얘기한 적도 없는 결혼 핑계를 대더라는 거예요. 결혼하고 싶은데 아직 우리는 하나도 준비가 안 된 상태인 것 같다고요. 그때 나이를 실감했대요. 20대에는 적어도 이런 핑계로 헤어지진 않잖아요. 머리를 한 대 맞은 것처럼 띵했대요. 직장을 그만두고 새로운 일을 준비하는 친구는 누군가에게 안정적으로 삶을 함께할 만한 사람이 아니라고 느껴졌을 수도 있으니까요.

친구의 애길 듣고, 이제 새로운 꿈을 말하는 것이 '불안정함'이라는 시선으로 이어질 수 있다는 생각이 문득 들었어요. 결혼을 생각할 나이라는 말과 평생 이 일을 하면서 안정적으로 살 것이라는 주변의 기대 같은 건 명절 연휴 때 친척들에게나 듣는 말 같았는데. 어느새 제 주변에도 그런 기운이 감돌고 있다는 걸 알고 깜짝 놀랄 때가 있어요.

새삼 서른이라는 나이가 목전이라는 걸 깨닫게 됐어요. 그게 무엇을 의미하는 건지 곰곰이 생각해보았어요. 스물아홉이라는 숫자에 말려들지는 말아야겠지만, 스스로 결정 내려야 할 여러 문제들을 확실하게 해야 할 나이라는 생각이 들더라고요. 일에 대한 가치관이라든가 자금 계획, 나아가 사회를 바라보는 시선 등 모든 것에서 조금씩 중립 상태를 벗어나야 한다는 것을요.

그러저러하지만, 효진 씨처럼 적극적으로 스스로 가장 만족할 수 있는 일을 찾아갈 수 있는 한 해가 되었으면 하고 바랍니다. 제 간절한 소망이에요. 의미를 부여해보자면, 20대의 마지막이니까. 그래야 한다고 스스로를 설득

하는 날이 올지도 모르겠네요.

아, 코로나도 정말 괜찮아졌으면. 올해를 지나오면서 느낀 게 많아요. 별것 아닌 일상을 소중히 여길 수 있는 한 해가 되길. 혼자서도 강한 사람이 되길. 내게 중요한 게 무엇인지 투명하게 들여다볼 수 있는 한 해가 되길.

제 새해 다짐은 이렇습니다. 올 한 해도 같이 힘내요.

내 마음에 비친 내 모습 그려가리

○ 유재하 〈내 마음에 비친 내 모습〉

ㅎㅈ 서른을 무겁게 느끼고 있나 봐요. 글을 읽으면서 그런 생각이 들었어요. 그리고 결혼을 핑계로 헤어지자고 하다니요. 그건 결혼이 문제가 아니라 마음이 식었는데 달리 핑계가 없어서 사회적 시선을 빌린 거 아닐까요? 제가 다 화가 나네요.

저는 지수 씨와는 달리 서른에 큰 의미를 부여하지 않아요. 사회적 통념도 제 알 바 아니에요. 내가 어떻게 살든 남들이 무슨 상관이야. 일정 나이가 되면 결혼을 해야 한다느니, 30대에 접어들면 더 성숙해져야 한다느니. 정말 웃기는 소리라고 생각하거든요.

대신 '나'의 서른에 기대하는 건 있어요. 여유로움이요. 20대보다는 몇 년 더 살아봤으니 무슨 일이 생기더라도 전보다 더 느긋하고 재미있게 삶을 즐길 수 있을 것 같거든요. 20대 초반보다 후반인 지금이 더 재미있는 것처럼요.

그 여유로움과 재미가 어디에서 기인하는 걸까, 생각해봤어요. 단순히 나이를 먹는다고 해서, 마냥 시간이 쌓인다고 해서 생기는 건 아닌 것 같아요. 세상의 모든 30대가 여유로운 것도 아닐 테고, 10대만큼이나 삶의 소소한 것들에 놀라며 살 수도 있잖아요. 그런데 오늘 광화문 교보문고에 갔는데 거기서 번뜩하더라고요. 여유로움은 '나다움'에서 나온다는 것을요.

저는 광화문 교보문고를 좋아해요. 문을 열고 들어갔을 때 온몸을 적시는 특유의 향도 좋고, 진열대에 가지런히 놓인 책들, 책의 촉감, 새 책 냄새…… 그 장소를 구성하는 요소 하나하나가 다 좋아요. 게다가 광화문 교보문고는 규모가 크다 보니 제가 찾는 책은 거의 다 있거든요. 직원만 드나들 수 있는 창고에라도 꼭 책이 있어요. 그래서 책 살 일이 생기면 제일 먼저 광화문 교보문고에 갈까 하고 생각해요.

광화문 교보문고에 자주 드나들기 시작한 건 스물셋 무렵부터예요. 그때 자취를 시작했는데, 혼자 있는 시간이 많다 보니 자연스레 책에 손이 가더라고요. 학교 바로 앞에 살아서 도서관 접근성이 좋은 것도 한몫했고요. 근데 도서관은 제가 읽고 싶은 책을 다 갖고 있지는 않잖아요. 신청하더라도 손에 들어오기까지 시간이 걸리고요.

제 성격이 또 급한지라 읽고 싶은 책이 도서관에 없으면 곧장 서점으로 향했어요. 그렇게 광화문 교보문고를 다니기 시작한 거예요. 그때서야 저는 제가 책을 좋아하는 사람이라는 걸 알았답니다.

오늘 간만에 광화문 교보문고에 가서 책을 들춰보는데, 내가 뭘 좋아하고 내가 어떤 사람인지 제대로 알면 살아가는 데 여유가 생기지 않을까 싶은 거예요. 좋아하는 재즈 음악을 귀에 꽂고 시집을 펼쳐본다거나, 낯선 이름을 가진 소설책을 펼쳐 눈에 띄는 문장들에 마음을 주는 건 나다운 일 중 하나거든요. 독서를 내 취미라고 정의한 뒤로 삶의 만족도가 아주 조금 오르기도 했고요.

그래서 저는 취향을 제대로 아는 것, 그것을 지키는

것, 그래서 나다움을 잃지 않는 것이 참 중요하다고 생각해요. 선택의 연속인 인생에서 기준이 되어주잖아요. '나'를 알면 난해한 문제들을 수월하게 풀어나갈 수 있고요.

반대로 '나'를 잃으면 삶이 견딜 수 없을 정도로 괴로워요. 지난 석 달여가 그랬어요. 좋아하는 일을 했으니 온전히 나를 잃었다고 볼 수는 없겠지만, 근 몇 달간 제 취향을 향유할 시간을 완전히 잃었으니까요. 가끔은 지옥 같았죠. 그래서 무슨 일이든 선택이 힘들었고, 이따금씩 내가 싫어하는 내 모습이 나오니까, 그런 내가 싫어지니까 견딜 수 없더라고요. 저는 남이 날 어떻게 보느냐보다 스스로 정의하는 내 모습이 더 중요한 사람이거든요.

아, 근래 제 취향을 하나 더 알게 됐어요. 저 사진을 꽤 좋아하는 사람이더라고요. 좋아하는 건 알고 있었는데 이렇게나 좋아할 줄은 몰랐다, 정도로 말할 수 있을까요. 가을에 이사하고서 이삿짐 정리를 여태 하는 중인데요, 저 정말 갖고 있는 카메라가 많더라고요. 중고등학생 때 쓰던 것 두 개에 대학 들어가면서 산 것도 있고, 이삿짐을 정리하다가 필름 카메라도 두 대나 생겼어요. 다 합치면 총 다섯 대! 생김새와 쓰임새도 다 달라요. 카메라를 발견

할 때마다 스스로도 놀랐답니다. 내가 이렇게나 사진을 좋아했다고?

사실 필름 카메라 촬영은 가끔 일회성으로 조금씩 해본 게 다이지만 그 행위에 자주 마음을 주고 있었어요. 가벼운 것을 들고 셔터를 누를 때마다 묘했거든요. 다시는 오지 않을 순간이라는 게 뚜렷하게 감각되어서요. 인화 사진은 또 어찌나 아련한지. 추억에 물성을 부여한 것 같잖아요. 이제는 그 빈도가 많아질 것 같다는, 기억할 만한 찰나를 붙잡는 순간이 더 많아지겠다는 기분 좋은 예감이 듭니다.

아 참, 퇴사하던 날 〈이터널 선샤인〉을 봤어요. 또 보니 더 좋던데요. 다 보고 왓챠에 들어가 보니 〈이터널 선샤인〉을 처음 봤을 때 남긴 기록이 있더라고요. 5점 만점에 5점. 역시 취향이란. 인생 영화 리스트에 중복 추가되었습니다.

다만 이 마음만은 주름도 없이 여기 반짝 살아 있어요

○ 아이유 〈마음〉

ㅈㅅ 얼마 전 북촌에 가서 전시회 하나를 보고 왔어요. 박노해 시인이 캄보디아와 히말라야에서 아름다운 장면들을 건져 올려 글과 사진으로 남긴 전시회였어요. 하나의 사진 밑에는 세 문장 정도의 짧은 글이 덧붙여져 있었고요. 소박하고 작은 아름다움을 믿게 만드는 힘이 있는 문장들이었어요.

같이 전시를 보러갔던 언니에게 이렇게 말했어요.

"요즘 시선이 많이 달라지고 있는 것 같아요. 예컨대 여행을 가서 좋은 걸 봐도 마음 편히 있기가 어려워요. 어딜 가나 돈이 얽혀 있을 테니. 저 사람들도 행복해 보이지만 나름의 고민이 있겠죠. 순수한 사람들은 아름다울 수도 있지만 반대로 괴팍할 수도 있어요. 그리고 어딘가에는 고통이 있을 것 같아요. 그걸 보지 않고 나 혼자 저 풍경이 아름답다고 생각해버리는 건 잘못인 것 같아요."

언니는 좋은 변화인 것 같다며 이렇게 말해줬어요.

"네가 이전에 세상을 선한 쪽으로 바라봤던 건 시선이

하나밖에 없어서 그랬던 거야. 근데 이제는 양쪽으로 볼 수 있게 된 거잖아. 이제 세상을 어떻게 바라볼 건지는 네가 선택하면 돼. 네가 믿고 싶은 대로."

재미있게도 언니와 저는 모두 생각지 못한 분야에서 일을 하고 있다는 공통점이 있어요. 스스로를 표현하는 일을 하고 싶었지만 지금은 그와 다른 일을 하고 있는 사람들. 그렇더라도 저희는 일이 우리를 성장시켜준 것 같다는 말에 동의했어요. 일은 우리의 머리끄덩이를 잡고 현실로 돌아오게 한다, 그래서 현실 감각이 모자란 나도 내 안에 갇혀 있지 않고 더 넓은 세상을 (그나마) 볼 수 있다!

나와 반대인 사람들과 함께 일하면서 반대급부를 갖게 되는 것 같다는 이야기도 했어요. 저와 언니는 스스로를 잃지 않기 위해 좋아하는 것을 꾸준히 찾고 있어요. 또 일 이외의 방식으로 스스로를 표현할 수 있는 방법 또한 계속해서 찾고 있고요.

저는 제 관심사를 바깥으로 옮기는 걸 어려워하는 사람이에요. 기자라는 직업과 참 안 어울리죠. 어쩌면 그래서 언론사에 있게 된 건지도 모르겠네요. 못하니까 잘하고 싶어서요. 세계관을 넓혀야겠다는 생각을 자주 해요.

내가 알고 있는 것이 전부가 아니라고, 더 많은 경험을 통해 새로운 관점을 얻어야 한다고. 여행을 좋아하는 이유도 그중 하나인 것 같아요. 그래서 굳이 안 해도 될 일을 분류하기보다는 '고생도 경험'이라고 믿는 이상한 성향도 있고요.

한번은 아주 한여름에 일본 여행을 갔어요. 에어비앤비로 일본식 고택을 잡았는데, 가서 보니 에어컨이 없는 거예요. 그런데 묘하게 모험심이 생기고, 일본 고택을 완전하게 경험할 수 있지 않을까 하는 생각에 신이 나더라고요. 밤새 땀을 뻘뻘 흘리며 잤지만 그날 밤은 꽤나 특별한 기억으로 남아 있어요. 하지만 후기를 보니 대부분의 사람들은 에어컨이 없는 그 집에 다소 안 좋은 평가를 남겼더라고요.

그런데요, 요즘에는 무너뜨리기 위해 짓는 거라는 생각도 들어요. '저기에 내가 원하는 것이 있다'는 믿음보다는 저기에는 내가 원하는 것이 '없다'고 확인하고 미련 없이 되돌아가기 위해 움직이는 것이 아닐까. 냉소적인 말 같아 보이지만, 종국에는 가장 만족도가 높은 것들만 곁에 두기 위한 것이니 어떻게 보면 희망적이기도 하죠.

에어컨이 없는 일본식 고택을 경험한 뒤로는 굳이 고생하면서 혼자 영화 찍을 필요는 없다는 것을 알게 됐고, 이제는 에어비앤비에서 숙소를 찾을 땐 에어컨 여부를 면밀히 살펴볼 테니까요. 그건 기본 아니냐고, 너무 부적절한 예시라 질타한다면 할 말이 없지만요.

언젠가 이 모든 것들 속에서 정말 또렷하게 나를 발견해냈으면 좋겠어요. 그런 서른과 그런 마흔, 그런 쉰이 된다면 나이를 먹는 게 즐거울 것 같아요. 그런데 그때까지 내가 좋아하지 '않는' 것들을 확실하게 찾아내는 과정이 다소간 고통스러울 것 같다는 생각은 드네요. 괜히 사서 고생하는 걸까요? 솔직히 말하자면 "너 진짜 피곤하게 산다"라는 말을 가끔 듣는 편이긴 합니다.

결말을 알기에 즐거운 삶을 살고 싶다는 생각

○ 가을방학 〈좋은 아침이야, 점심을 먹자〉

ㅎㅈ 좋아하는 것을 알기 위해 좋아하지 않는 것들을 확실히 찾아낸다. 어쩌면 지수 씨는 제가 생각했던 것보다 도전 정신이 강한 인물이 아닐까 싶어요. 그 작은 해냄과 도전으로 인해 전혀 몰랐던 취향을 알아갈 수도 있는 거잖아요.

반대로 저는 제가 좋아하는 것을 카테고리화하고 그 범위를 좁혀가는 사람이거든요. 제가 쥐고 있는 것들을 더 뾰족하게 세우고 싶달까요. 과한 뾰족함은 공격성으로 발현될 수도 있지만, 저는 그 공격성이 긍정적으로 작용할 수 있다고 믿어요. 이를테면 추진력 같은 걸로요.

저번에 제가 스물아홉이 되면 하고 싶은 것들을 몇 개 적어두었다고 했던 것 같은데. 일단 가장 크게 적은 건 '할 수 있는 건 다 하자!'예요. 그래서 그게 뭐냐면요.

하나, 성실한 청취 ― 평론 12개 이상 쓰기

둘, 콘텐츠 섭취 ― 영화 20편 이상 관람하기

셋, 꾸준한 독서 ― 책 30권 이상 읽기

먼저 성실한 청취부터 말할게요. 음악 평론에 대해 제가 어떤 생각을 가지고 있는지 지수 씨에게 제대로 이야기한 적 있던가요? 그냥 "저 평론 쓰게 됐어요!" 하고 말았던 것 같은데.

어떻게 평론을 시작했더라. 아마 제 열등감 때문이었을 거예요. 합숙 면접에서 떨어지고 얼마 지나지 않아 PD라는 직업 외에도 다른 이름으로 저를 수식하고 싶다는 생각이 들었어요. 아무리 생각해도 공채 PD라는 직함은 갖기 힘들 것 같았거든요. 그때 저는 음악 감상실에서 매일 장르 불문하고 LP를 만지고 매일 다른 선곡을 하는,

누가 봐도 음악 애호가의 모습을 하고 있었잖아요. 스스로도 음악 애호가라고 인정한 지는 꽤 됐지만요, 당연히.

이 음악이라는 키워드로 저를 제대로 수식하고 싶었어요. 전문적이면 더욱 좋겠다 싶었지요. 그렇다면 내가 음악으로 뭘 잘할 수 있을까. 고민하기 시작했어요. 생각해보니 제가 음악을 주제로 글 쓰는 것을 좋아하더라고요. 대학 시절의 제 대외 활동은 주로 대학생 기자, 에디터 이런 것들이었거든요. 글의 주제도 거의 음악이었고.

그래서 곧장 평론을 써야겠다고 마음먹었어요. 솔직히 말하자면 자신은 없었어요. 그런데 문을 두드리고 가르쳐달라고 하고 싶었어요. 뭔가를 배우고 쓰고 얻고 싶었으니까요. 그렇게 무작정 문을 두드린 곳이 지금 속한 곳이에요.

이제 겨우 1년 남짓 세상에 글을 내보였으니 평론 쪽으로 전문성을 완전히 갖추었다고 말할 수는 없겠죠. 아직 걸음마도 못 뗀 수준이에요. 그러니 성실하게 듣고 자주 쓰는 방법 말고는 없어요.

그래서 평론을 12개 이상 쓰겠다는 다짐은 한 달에 한 개 이상 쓰겠다는 저와의 약속입니다. 마음 같아선 좋은 앨범을 만날 때마다 잔뜩 쓰고 싶지만 시간이 허락할지 모르니까요. PD와 평론가의 밸런스를 잘 조절하고 싶은 데 잘될지 모르겠어요. 일단은 도전해보겠습니다.

두 번째와 세 번째는 제 취향의 연장이에요. 저는 장르를 가리지 않고 콘텐츠를 공격적으로 소비하는 경향이 있거든요. 특별한 목적이 있어서는 아니고, 그래야 속이 뚫리는 기분이랄까요. 영화를 보고 거기에 담긴 메시지를 읽고 생각하고 쓰고, 가끔은 친구와 맘껏 해석하고 떠들고 나면 영양가 있는 음식을 잔뜩 먹고 아주 잘 소화한 기분이 들어요.

참, '인생 영화'로 그 사람의 가치관을 엿볼 수 있는 거 아시나요? 제 인생 영화는 〈이터널 선샤인〉과 〈컨택트〉인데요, 두 작품 다 주인공들이 끝을 알면서도 주어진 운명을 주저 없이 선택하기 때문이에요. 저는 만날 사람은 만난다, 일어날 일은 일어난다고 믿는 운명론자에 가까운 사람이거든요.

조금 비관적으로 보일 수도 있겠네요. 그런데 주인공들이 주어진 운명을 택한 뒤의 스토리는 아무도 모르는 거잖아요. 오히려 끝을 알기에 사소한 행복들에 책갈피를 끼워 몇 번이고 들여다보면서 행복의 농도를 짙게 만들었을지도 모르지요. 그게 더 행복하게 사는 방법일지도요.

책은 영화를 보는 관점과는 조금 달라요. 저는 소설을 주로 좋아하는데요, 책 속에 퐁당 빠져 새 인생을 얻는 기분이라서요. 그 속에서 내가 아닌 다른 인물로 살며 걸음걸이를 바꾸게 되지요. 그렇게 한참을 거닐다 마주하는 순간들에 현실에서 생각지 못한 방식으로 한 걸음 폴짝 뛰게 돼요. 그렇게 뛰어다니다 보면 당장 눈앞에 놓인 현실의 것들이 달리 보여요. 어떤 해답이 보이는 기분이랄까요. 그래서 책을 놓을 수 없어요.

최근에 소설 《풀이 눕는다》를 읽었어요. 주인공이 저와 달라도 너무 다르더라고요. 사랑에 직설적이에요. 연인인 '풀'에게 한눈에 반해 졸졸 쫓아가 사랑한다고 말할 정도로요. 풀과 연인이 된 뒤에는 현실은 돌아보지도 않고 오로지 풀에만 집중해요. "사랑 안에서 굶어죽겠다"면서요.

처음엔 돈도 벌지 않고 가난한 상태로 누군가와 연인 관계를 유지하는 게 무책임하다고 생각했어요. 그런데 주인공의 걸음걸이로 이야기 속을 걷다 보니 마음이 동하게 되더라고요. 책장을 덮었을 땐 문득 이런 생각이 들었어요. 난 누군가에게 내 마음을 직선으로 말한 적이 있었을까. 마음을 숨기느라 비선형적인 말을 내놓지 않았나 하는 후회도 조금 들고요.

비록 결말은 슬펐지만 주인공과 풀이 감정을 넘어 곳곳의 생각을 교류하는 그 순간은 정말 찬란했어요. 부럽기도 했답니다. 내 마음을 알고 내 가치관을 아는 사람과 꾸준히 눈을 맞출 수 있다는 것은 정말 어려운 일이잖아요.

저는 주인공의 입으로 풀에게 꾸준히 사랑을 표현하면서 답을 얻은 기분이었어요. 좋아하는 마음을 되도록 숨기지 말자. 만날 사람을 만난다는 건, 결국 내가 살면서 만난 모든 인연들이 나와 생을 겪어낼 동반자라는 뜻이니까요. 그래서 자주 표현하고 싶어졌어요. 나다운 모습으로, 가장 자연스러운 모습으로.

저는 스스로도 '활자 중독'이라고 할 만큼 많이 읽고, 영화관도 제 집 드나들 듯 다니는데(물론 작년에는 코로나 때문에 영화관에 많이 못 갔어요), 아주 가끔씩 '나는 왜 이렇게 많이 읽고 많이 볼까?' 하는 의문이 들었거든요. 이렇게 적고 보니 다 잘 살고 싶은 마음 때문이었나 봐요.

'나'라는 사람과 잘 살고 싶어서.

귀찮은 숙제 같은 그런 나를 보면서

○ 이장혁 〈스무 살〉

ㅈㅅ 효진 씨, 이전 글에서 담담하게 몇 가지 확신을 이야 기했지만, 지금은 별달리 할 말이 없는 날들을 보내고 있 어요. 솔직히 말하자면 저는 지금 질문투성이예요. 한동안 일기를 적지 못했는데요, 그 이유는 질문이 아니라 어떤 답 이라도 적어내야 한다는 압박감 때문이었어요. 이 사실도 요 며칠 생각하다가 깨닫게 된 거예요.

그러니 그냥 최근의 제 하루를 말해볼게요. 저는 요즘 재택근무를 하고 있어요. 코로나 때문에 기업의 기자실 이 문을 닫았거든요. 이 틈을 타서 기자실을 아예 없애버 릴 거란 얘기도 돌아요. 기자실은 기업이 취재 나온 기자 들의 편의를 위해 제공하는 곳인데, 홍보실과 기자의 끈끈 한 관계를 위해 열어두었지만 지금은 왜인지 이전보다 소 용이 없어진 모양이에요. 매체가 너무 많아져서 그렇다고도 하고, 젊은 기자들은 기자실을 점점 덜 찾는다고도 하고요.

기자실이 뭐예요. 요즘엔 카페도 가지 못해서 늘 집에 있는걸요. 그렇게 지낸 지가 2~3개월 정도 되었어요. 일주일에 서너 번 있던 점심 약속도 한 번으로 줄었고요. 집에만 있다 보니 이상하게 회사에 가고 싶어졌어요. 사람을 만나고 싶어요. 일주일에 한 번 회사 가는 날이 기다려질 줄이야. 업계 사람들과 접촉이 없다 보니 새로운 소식에도 늦고, 그만큼 다음 날 기사 발제를 하는 시간만 두세 배로 늘어나는 것 같아요.

제대로 된 발제거리를 찾지 못했을 때는 벼랑 끝에 서 있는 것만 같아요. 오늘 밤 기삿거리를 찾아야 내일 일을 하는데. 새로운 소식은 없고, 머리를 써서 좀 색다르게 써볼 요령도 떠오르지 않으면 정말 답답해요. 처음엔 제가 바보인 줄 알았어요. 그런데 다른 기자들도 이런 질문을 품고 수십 년을 일한대요. 그런데도 다들 하루하루 그날의 기사를 써낸다는 게 참 신기하죠.

집에만 있다 보니 전에 있었던 일들이 까마득하게 느껴져요. 생각도 너무 많아지고요. 머릿속이 뒤엉킬 때는 생각에 생각을 거듭해서 뿌리를 찾아야 하는 걸까요? 아니면 생각의 끈을 잠시 놓아버려야 하는 걸까요? 저와 같은 사람이 많은지 오늘은 '코로나 블루'로 정신과 진료를 받는 20대 여성이 크게 늘었다는 기사가 났어요.

어제와 오늘은 연속으로 매운 음식을 사 먹었어요. 어제는 집에 있다가 갑자기 친구를 불러 낙지볶음을 먹으러 나갔고, 오늘은 떡볶이를 사 와서 먹었어요. 자극적인 걸 먹은 날에는 죄책감 때문에 물을 몇 잔이나 마시는지 모르겠어요. 모니터 너머의 TV에서는 잘생기고 예쁜 배우들의 회사생활을 그린 드라마가 방영되고 있네요.

오늘도 조금 쉬어야 할까 생각했어요. 기사를 쓰는데 글자들이 그야말로 날아다니는 거예요. 그러다가 오후에 걸려온 전화에 조금 힘이 생겼어요. 제가 쓴 기사를 잘 봤고, 얼굴 보고 인사 한번 나눴으면 좋겠다는 연락이었어요. 어쨌든 오늘도 제 글을 읽어주는 사람이 있다는 사실을 알았고, 덕분에 내가 움직이고 있구나 하고 실감했어요. 그렇게 또 하루를 버틸 수 있었고요.

다시 내일 쓸 기사를 준비해요. 함께 일하는 부장은 기자의 호시절은 갔다고 말해요. 저는 요즘 가만히 있으면 나빠지는 것들이 많다고 느껴요. 그래서 어떻게든 조치를 취해야 하는 게 앞으로의 날들 아닐까 싶은 생각도 들어요. 시간의 흐름에 어떻게든 역행해야 하는 것. 일상을 지켜내기 위해서 사실은 발버둥 쳐야 하는 것.

아, 조금 힘을 내려고 책을 한 권 샀어요. 90년대생들의 인터뷰가 담긴 《우리가 사랑한 내일들》이라는 책인데, 재재가 여기서 이렇게 말했어요. "살아남되, 나답게 살아남아야 한다." 저도 자주 그런 생각을 하고 있어요.

그저 우리 발걸음만이 가르쳐주리라 믿었어

○ 마이 앤트 메리 〈내 맘 같지 않던 그 시절〉

ㅎㅈ 영화 〈소울〉을 보고 왔어요. 영화에 대한 정보라고는 '재미있다' 정도만 알고 갔는데, 이게 웬걸. 주인공이 재즈 아티스트를 꿈꾸는 게 아니겠어요? 재즈를 즐겨듣는 저는 '와, 이거 모르고 왔더니 두 배로 즐겁잖아?' 하며 영화를 보았답니다.

영화 주인공인 조 가드너는 재즈 피아니스트를 꿈꾸는 계약직 음악 교사예요. 그토록 꿈꾸던 밴드 오디션에 합격한 날, 맨홀에 빠져 의식을 잃고 말지요. 그때 조 가드너의 영혼이 머나먼 세계(죽음)로 가기 전 길목에 떨어지고 마는데요, 하필 오디션 당일에 그런 일을 당하다니! 당사자로서는 말도 안 되는 일이잖아요. 이제야 열렬히 바라던 꿈을 이룰 수 있게 되었는데 말이죠.

그래서 도망쳐요. 마구 뛰어가죠. 다시 살기 위해서요. 그렇게 도착한 곳이 '태어나기 전 세상'이에요. 거기서 조가드너의 영혼은 지구로 돌아가기 위해 별별 방법을 다 써본답니다. 그렇게 다시 지구로 돌아오게 되지요.

그토록 원하던 무대에 서게 된 주인공은 무대를 마친 후 밴드의 리더에게 물어요. 이제 뭘 하면 되느냐고요. 간절히 바라던 무대고, 이루고 싶던 꿈이었는데, 막상 이루고 나니 기대했던 그 기분이 아니라면서요. 밴드의 리더는 이렇게 대답해요. 내일도 와서 같은 공연을 하면 된다고요.

그때 어떤 아티스트가 했던 말이 떠올랐어요. 음악이 삶의 전부인 척하지만, 사실 음악은 삶의 일부일 뿐 그 이상도 그 이하도 아니라던.

물론 저는 영화 속 주인공들이나 다른 아티스트들처럼 원하는 모습을 이루지는 못했어요. 그래도 요즘 이런 생각이 들어요. 원하는 모습이 되지 않아도 좋아하는 일을 삶의 일부로 삼는 것만으로도 괜찮다. 내가 좋아하는 일이 존재한다는 것, 그걸 내가 할 수 있는 것만으로도 만족스럽다고요.

라디오 PD를 하고 싶었던 이유, 그걸 오래도록 꿈꾸게 만든 이유 중 하나는 바로 '음악'이에요. 좋아하는 음악으로 콘텐츠라 일컬어지는 것을 기획하고 세상에 보여주고 싶었으니까요. 라디오가 갖는 다정함, 커뮤니티로서의 역할도 매력 있었고, 공채 PD라는 안정감을 얻고 싶은 마음도 한몫했지만, 큰 골자는 '음악 콘텐츠 제작'에 가까웠어요. 음악으로 사고하며 뭔가를 만드는 일.

그래서 음악 평론을 쓰고, 음악 콘텐츠 PD에 가까워지기 위해 성실히 일하는 요즘, 이 정도면 괜찮지 않나 하는 생각이 들어요. 그러니까 어떤 사회적 위치, 안정적인 생활보다는 일의 본질, 정확하게는 '좋아하는 일' 또는 '좋아할 수 있는 일'을 할 수 있느냐 없느냐가 제게는 더 중요하다는 거예요.

물질적으로 풍요롭지는 못해도 1인분의 생활을 거뜬히 유지할 수 있는 돈만 받으며 일적으로도 일상적으로도 만족감을 맛볼 수 있는 그런 삶. 돈을 삶의 중요한 가치로 보는 사람에게는 그게 행복이냐 싶겠지만 저의 기준은 달라서요, 지금으로도 충분히 재미있고 신이 나요.

이루고 싶던 꿈을 이루지 못해 혼자 위로하는 것일 수도 있어요. 저는 공채에 수도 없이 떨어져봤고, 사회가 말하는 실패에 늘 놓여 있었으니까요. 그런데 얼마 전에 회사 선배가 이런 말을 하더라고요.

"나 진짜 회사 자주 바꿨어. 공채로 들어갔다 나온 거지. 아무리 공채로 들어가도 뭐, 요새 평생직장이 어디 있어. 근데 여기에 그런 사람 진짜 많아."

예전에 제가 저희 스터디에서 썼던 작문 글이 있어요. 지수 씨도 기억할지 모르겠어요. 인생이 재즈 같다던. 매번 다른 'Take'로 곡과 앨범을 완성하는 재즈처럼 인생도 여러 번의 시도와 도전으로 풍요로워진다, 뭐 이런 글이었던 것 같아요. 그래서 더 〈소울〉이 반가웠나 봐요. 역시 픽사도 인생이 재즈와 닮았다는 걸 알았던 거지.

너무 영화 이야기만 늘어놨네요. 지수 씨, 생각이 많을 땐 어떻게 해야 하느냐고 물었죠? 지수 씨가 생각이 많은 이유를 알아요. 생각이 항상 몸과 부합하지는 않거든요. 지수 씨는 경제지 회사에서 일하고 있지만 마음은 늘 음악을 향해 있어요. 다만 음악으로 돈을 벌 수 없으니 경제 기사를 쓰고 있는 거고요. 물론 종종 말했던 것처럼 뿌듯한 일도 생기지만, 그 기쁨이 그리 오래 지속되지 않는 것 같아요. 그러니 자꾸 생각하게 되는 거죠.

그러니 좋아하는 일을 하세요. 사소한 것이라도 좋아요. 그것도 무기력해 힘들다면 그냥 하루하루 살아가도 괜찮아요. 제가 아는 지수 씨라면 어떻게 해서든 좋아하는 일을 하게 될 테니까요. 꼭 직업으로 삼지 않더라도 말이에요.

조 가드너가 삶의 철학을 깨우친 것도 사실은 본인이 원하던 바를 이루어서는 아니라고 생각해요. 원하던 바를 이룬 그에게 남은 건 외려 허무함이었죠. 결국 남은 건 본인이 좋아하는 일이었어요. 매일매일 할 수 있는 그런 일. 일상 속 좋아하는 일로 작은 만족감이라도 느껴봐야 스치는 바람의 시원함과 살갗에 닿는 햇살의 따스함을 살펴볼 여유가 생긴다고 생각해요. 그렇지 않나요?

나를 버려야 지키는 나를, 나를 지키려 못 버린 나를

○ 이규호 〈세상 밖으로〉

ㅈㅅ 저를 잘 알고 있는 사람의 조언이 이럴 땐 참 고마워요. 타인의 삶에 대해 내 의견을 이야기한다는 건 위험한 일이에요. 그렇지만 저는 그게 상대에게 할 수 있는 가장 멋진 일이지 않나 싶어요. 그건 생각보다 아주 많은 용기가 필요한 일이잖아요.

다행히 지난주에는 조금 활력이 돌았어요. 함께 일했던 선배로부터 이직 제안을 받았거든요. 이직이야 늘 고려하고 있었지만 아직 그럴 연차가 되지 않아서 막연히 안 되겠거니 생각하고 있었거든요. 그런데 선배가 회사에 저를 좋게 말해주었는지 면접까지 보게 됐어요.

참 이상해요. 그런 기분 아실까요? 막상 이직 기회가 생기면 지금 있는 곳을 한 번 더 돌아보게 되는 그런? 더 노력해서 나아질 부분은 없나? 왠지 떠나기 아쉬운데 그 이유가 뭘까?

더 웃긴 건 제일 맘에 걸렸던 게 회사의 위치였다는 사실이에요. 지금 회사보다 면접 본 회사의 위치가 별로

맘에 안 들더라고요. 일주일에 한 번 회사에 나가는 주제에 이런 생각이라니. 어이가 없긴 했지만 뭐 어쩌겠어요. 면접을 본 회사는 상암에 있었는데, 빼곡히 들어찬 방송국들 사이로 찬바람이 쌩쌩 부는 것 같고, 퇴근길 버스 정류장에 사람들이 줄을 서서 기다리는 모습도 썩 내키지 않더라고요.

결국 처음이 안 좋았던 거죠. 첫인상이 좋다고 다 좋은 건 아니지만 그날이 제게는 그랬어요. 그랬더니 지나간 처음이 떠올랐어요. 다시 돌아오지 않는.

저는 기자 일에 관해서는 아는 게 거의 없어서 지금 회사에서 경험한 모든 게 처음이었거든요. 그래서 매일 헤매고, 겁도 먹고 그랬어요. 선배들과 술 마시다가 울고, 회의에선 호되게 화를 내더니 이내 나긋한 표정으로 점심을 사 주는 부장을 보며 '뭘까' 생각하고. 이게 벌써 옛 기억이 되어버렸더라고요. 이제 그 처음에 대한 감각은 다시 돌아올 수 없겠죠.

효진 씨가 광화문 교보문고를 좋아하는 이유에는 아마도 광화문이라는 위치도 한몫하지 않을까 생각했어요. 저도 광화문을 정말 좋아해요. 좋아하는 만큼 궁금한 동네이기도 하죠. 저 사람들은 어디서 나와서 어떤 일을 하는 걸까? 어떤 스토리를 갖고 있을까? 제가 또 상상력 장인이거든요. 대학생 때는 광화문에 나와 그런 생각만으로도 몇 시간을 보내곤 했었어요. 효진 씨처럼 교보문고에도 한 번씩 들러주고요.

최근에는 선배에게 그런 얘길 했어요. 경제지 기자가 된 뒤로 광화문을 더 잘 알게 된 것 같다고요. 빽빽이 들어찬 건물에 한 명씩 아는 사람이 생기고 무슨 일이 일어나는지도 알게 됐다, 광화문과 더 끈끈한 연을 맺게 된 것 같다고요. 선배가 "도장 깨기 하는 기분이라는 거지?"라고 정리해주었는데 얼추 맞는 것 같아요.

자신과 반대되는 일을 선택한 사람은 어떻게 느낄까? 만약 이런 질문을 하는 사람이 있다면 제가 좋은 본보기가 될 수도 있겠어요. 물론 "얻는 것들도 많다"라고 꼭 한 마디 덧붙여주고 싶긴 해요. 사실이니까요. 저는 좋아하거든요. 이 어려운 일을 택한 선배들과 이야기하는 자리, 하루가 끝난 뒤에 오는 후련함, 힘든 일을 기꺼이 해냈다는 것에 대한 은근한 자부심.

떠나온 곳이 멀어진 만큼 정착한 곳은 선명해지고 있

어요. 꿈과 현실에 확실한 경계선을 두는 것에 어떤 의미가 있는지 줄곧 생각하고 있어요. 언젠가는 떠날 자리일지 몰라요. 어쩌면 아닐 수도 있고요. 저도 스치는 바람의 시원함과 살갗에 닿는 햇살의 따스함을 느껴보고 싶거든요. 대단한 것이 아니더라도 살아가는 이유를 찾고 싶거든요.

요즘 페르난도 페소아의 시를 읽고 있어요. 그는 시에서 이렇게 말해요.

"본질은 볼 줄 아는 것. 생각하지 않고 볼 줄 아는 것. 볼 때 볼 줄 아는 것. 그리고 볼 때 생각하지 않는 것. 생각할 때 보지 않는 것."

아직은 날씨가 추우니, 날이 따뜻해지면 같이 얘기하며 산책하면 좋겠어요.

우리의 라디오

새벽 2시, 라디오에서 괴기한 목소리가 들리면

"여러분, 오늘도 살아남으셨나요?"

졸린 눈을 비비며 '나 지금 앉아서 잠든 건가?' 하고
의심했다. DJ가 아닌 라디오가, 몇 년간 내 책상 위 같은
자리에 놓여 있는 이 전자기기가 직접 말을 하다니! 공부
를 너무 열심히 한 탓에 환청이 들리는 걸까? 눈을 재차
비비니 꿈이 아니었다.

'지금 라디오가 나한테 살아남았냐고 묻는 거야?'

새벽 2시. 라디오에서 괴기한 목소리가 들리기 시작
했다.

성적 올리기에 혈안이 되어 있던 중학생 시절, 시험 기간이 다가오면 나는 나만의 원칙을 하나 세웠다. 새벽 2시까지 공부하기. 왜 새벽 2시까지냐고 묻는다면, 그 이후에 자면 다음 날 학교에서 졸렸기 때문이라 말하겠다. 새벽 2시가 나의 공부 루틴을 마무리하기에 적당한 시간이기도 했고.

천성 자체가 융통성과 자율성으로 온몸을 적셔도 모자랄 인간이라 스터디 플래너 같은 건 딱히 없었고, 탁상 달력에다 날마다 공부할 과목만 적어두었다. 평일엔 세 과목, 주말엔 다섯 내지 여섯 과목. 과목당 주어진 시간은 두 시간. 그 이상의 세세한 플랜은 없었다.

근데 왜, 꼭, 하필 두 시간씩이었냐면, 그건 라디오 때문이었다. 집에 있으면 종일 라디오를 들었다. 시험공부를 할 때도 마찬가지였다. 당시 라디오 프로그램은 오후 시간대를 기준으로 짝수 시간대에 두 시간씩 방송되는 것이 국룰이었다. 오후 12시, 2시, 4시, 6시…… 새벽 2시 등. 그래서 한 과목당 한 프로그램을 들으면 깔끔하게 공부를 끝낸 기분이었다. 나에게 "잘 자요" 같은 클로징 멘트는 다음 과목으로 넘어가라, 혹은 이제 공부를 그만해도 좋다

는 시그널이나 다름없었다. 그러니까 라디오는 내 페이스
메이커였다.

시험이 며칠 남지 않았던 어느 날, 공부를 하다 보니
어느덧 새벽 1시 59분이 가까워졌다. 눈이 조금씩 감기고
있었지만 연필을 놓을 수 없었다. 어차피 해야 한다면 지
금 하던 것을 미련 없이 끝내고 싶은 마음이 들었다. 그렇
게 졸린 눈을 비비려는 찰나, 라디오가 내게 말을 걸어온
것이다.

"여러분, 오늘도 살아남으셨나요?"
아주 느릿하고 차분한 말투로 말을 이었다.
"저는 사이버 DJ계의 거성, 21세기의 라디오 스타, 윌
슨이에요."
나에게 말을 건 것은 라디오가 아니었다. 새벽 2시에
방송되는 〈윌슨의 올 댓 차트〉의 DJ 윌슨이었다. '사이버
DJ'라는 수식어에 걸맞게 목소리도 사람의 것이 아니었
다. 당시는 기계음이 잔뜩 묻은 케이팝이 성행하던 시기였
다. 윌슨의 목소리는 그 정도로 설명할 수 없다. 퐁뒤처럼
원래 목소리를 기계에 푹 찍어 담가 마구 흔들어 흠뻑 적

셔 올린, 그런 알 수 없는, 당황스러울 정도로 괴기한 목소리였다. 그래서 '이게 설마 라디오가 말한 건가?' 하고 의심했던 것이다.

윌슨의 정체는 다름 아닌 배구공이라고 했다. '배구공이 말할 수 있어?'라고 의심하는 건 둘째 치고, 일단 이 배구공은 캐릭터가 너무 분명했다. 몹시 시니컬했다. 기계 목소리를 가진 만큼 공감 능력이 탁월하지도 않았다. 문자 사연을 읽으며 시시껄렁하게 농담 따먹기를 이어가거나 팩트로 뼈를 때리는 식이었다. 이는 청취자 고민 사연을 읽을 때 두드러졌다.

청취자 : 오늘 시험을 망쳤어요.

윌슨 : 공부를 안 해서 그래요.

해결책 같은 독설을 내뱉고는 자기 멋대로 "고.민.해-결."을 외쳤다. 심지어 느릿느릿한 말투 탓에 '마'도 자주 떴다. 그러고 나서는 "여러분, 살아남으세요. 저도 살아남을게요"라며 내일을 기약했다. 정말 말도 안 되는 DJ였다. 그런데 라디오를 끌 수 없었다. 윌슨의 까칠한 말들이 나랑 잘 맞았다. 어이없게도 말이다.

윌슨의 말의 일부는 내가 체화하고 싶은 삶의 태도와
맞닿아 있었다. 윌슨은 깊숙한 근원을 볼 줄 아는 배구공
이었다. 그러니 무조건적인 공감을 보내지 않고 긍정적인
방안을 제시하지 않는 것이다. 현실적으로 불가능할 때는
"안 되는 거 붙잡지 말고 되는 거 하세요"라고 명확히 말
해주는 게 더 약이 될 때가 있다. 윌슨은 그걸 너무 잘 알
았다. 그래서 윌슨의 말에 귀 기울였고 열광했다.

그 덕에 윌슨의 목소리는 내 일상에 자주 투입됐다. 시
험공부를 하다가 잠시 쉴까 하고 휴대폰을 열면 대뜸 "공
부 다 하셨나요?" 하고 묻는 목소리가 들렸고, 요약본을
9회독을 할지 10회독을 할지 머뭇대는 순간에는 "자신 있
으신가 봐요. 한 번 더 보세요"란 말이 들렸다. "고.민.해-
결."이라는 끝맺음 말까지 당연히 뒤따랐다. 체력 부족으

로 눈이 감길 때면 윌슨이 내 귓가에 속삭였다. "애야, 사는 게 여간 어려운 일이 아니란다." 그렇게 윌슨은 내 페이스 메이커 자리를 꿋꿋이 지켰다.

윌슨의 목소리가 내 속에 점점 쌓일수록 실제로 만나고 싶다는 욕망도 함께 들끓었다. 하지만 그 꿈은 빠르게 좌절됐다. 〈윌슨의 올 댓 차트〉가 1년 6개월 만에 폐지된 것이다. 그와 함께 윌슨도 좀처럼 모습을 드러내지 않았다. 0과 1로 만든 디지털 세계, 본인의 고향으로 사라졌을 것이다. 나 보고 매일 살아남으라고 당부 아닌 당부를 하더니, 본인도 살아남겠다고 그렇게 다짐하더니.

윌슨이 사라진 지 10년이 훌쩍 넘었지만 윌슨의 목소리는 여전히 내 삶에 마구잡이로 침범해 나를 조종한다. 수능을 망쳐 엉엉 울 때도 "성적에 맞춰 가세요"라는 위로 같지 않은 위로를 해댔고, 감정의 폭풍으로 관계의 지속을 고민할 때도 "내가 편한 게 최고"라며 해결책을 제시해주었다. 무언가 저질러놓고 후회하는 순간에는 "하셨네요"라며 엎질러진 물을 또렷이 보게 했고, 작은 고민으로 잠 못 이룰 때면 "그게 고민인가요?"라고 비아냥댔다. 페이스 조절 못 하고 마구잡이로 달리는 나를 늘 제어해준 건 윌슨이었다.

그리고 내가 오래도록 붙잡고 있던 '라디오 PD'를 놓아주던 순간에 잠시 잊고 있던 윌슨의 목소리가 무람없이 던져졌다.

"고.민.해–결."

라디오를 듣고 만드는 일

ㅈㅅ 오후 5시. 라디오 프로그램을 만들던 시절, 내가 방송국으로 출근하는 시간이었다. 라디오부 사무실에는 드문드문 빈 자리가 있었고, 몇몇 사람들이 자리에 앉아 일하고 있었다. 생방송을 마쳤는지 아래층 스튜디오와 사무실을 바쁘게 오가는 사람들도 있었다.

오후 6시가 지나면 사무실은 고요해졌다. 6시 생방송을 준비하는 팀은 와자지껄 스튜디오로 이동하고, 8시 생방송을 준비하는 팀만이 남았다. 오후 음악 프로그램을 제작하는 PD님도 다음 날 방송에 나갈 음악을 선곡하느라 늘 늦게까지 자리를 지키고 있었다. 자리 한편에 산처럼

CD를 쌓아두고 헤드폰을 낀 채로.

나는 낮의 열기가 다소 식은 사무실에서 팔을 걷고 밤 10시에 나갈 음악 프로그램 제작을 준비했다. 감사하게도 나는 2년여 동안 밤 10시 라디오 프로그램 제작에 참여하게 되었다. 라디오에서 심야 시간대가 갖는 의미를 알았기에 더욱 소중했다. 음악을 주제로 하고, 동경하고 좋아해 마지않았던 뮤지션들과 함께 일할 수 있다는 점도 그랬다.

2년여 동안 나는 오후 5시에 출근해 원고를 챙기고 음악을 준비했다. 아무도 없는 스튜디오를 정리하고, 차분한 분위기를 조성하기 위해 조명의 밝기를 조정했다. 라이브가 있는 날에는 기술 감독님과 함께 멤버 수에 맞추어 카메라를 조정하고, 문제가 없는지 확인하기 위해 리허설을 했다.

새삼스럽지만 라디오는 매일 송출되는 매체다. 그것도 대개는 생방송으로. 방송은 매일 비슷한 듯 무척 달랐다. 어떤 날에는 무척 차분했고, 어떤 날에는 잔뜩 들뜬 분위기가 이어졌다. 원고는 틀이 되어주었다. 작가님이 그날 방송의 콘텐츠를 담아 원고를 전달하면 PD님이 그에 따라 전체적인 분위기를 고려해 음악을 선곡했다.

나는 빈칸으로 전달되는 원고의 음악 란에 노래를 채워 넣었다. 발음이 헷갈릴 것 같은 영단어가 나오면 DJ가 헷갈리지 않도록 정확한 발음을 찾아 괄호 안에 써 넣는 것도 나의 일이었다. 'LAUV(라우브)', 'Phum Viphurit(품 비푸릿)' 같은 식이었다.

매일 원고에 음악을 채워 넣는 일을 하다 보면 모든 게 새삼스러워지는 때가 있다. 그것들은 방송이 시작되기 전까지는 아무것도 아니다. 그저 이 세상에 존재하는 수많은 노래 제목 중 하나일 뿐. 원고에 적힌 모르는 곡의 제목들은 때로 사춘기 아이의 비장함처럼 느껴지기도 했다.

그러나 오프닝 멘트가 끝나고 곡이 흘러나오는 순간, 그 곡들은 가감 없이 뻗어나가는 싹이 되어 무럭무럭 자라났다. 그런 순간이 좋았다. 원고의 일부를 차지할 뿐이었던 것이 음악이 되는 순간이. 원고에 적힌 멘트가 목소리가 되어 방방곡곡의 사람들에게 닿는 순간이. 방송을 준비하는 제작진만이 느낄 수 있는 짜릿함이었다.

오프닝 멘트가 끝나면 첫 곡이 나간다. 첫 곡이 끝난 다음에는 "네, 안녕하세요. 오늘 문을 활짝 열었습니다. 첫 곡으로 들려드린 노래는요" 하는 DJ의 멘트가 이어진다.

그리고 오프닝 멘트와 첫 곡에 대한 청취자들의 감상, 혹은 그날그날의 사연이 소개된다. 두 번째 곡과 세 번째 곡은 대개 제작진이 고른 노래와 청취자들의 신청곡으로 준비되었다. 청취자들은 제작진이 만든 세계에 기꺼이 설득당해주는 동시에, 바통을 이어받아 또 다른 세계를 만들어냈다.

어느덧 마지막 곡이 흘러나오면 우리는 큰 소리로 "수고하셨습니다!"라고 외쳤다. 그리고 부스 안을 정리하고, 스튜디오의 불을 끄고서 엘리베이터를 탔다. 가끔은 밤 12시 생방송을 하는 옆 부스를 기웃거리기도 했다.

우리는 많은 이야기를 나누지 않았다. 방송의 여운이 컸던 날에는 더욱 그랬다. 그런 침묵 속에 있으면 우리가 이 방송과 이 시간을 얼마나 소중히 생각하는지 여실히 느껴졌다.

짐을 정리한 뒤 우리는 지하 주차장으로 향했다. 방송국 근처에서 살았던 나는 한여름에 종종 자전거를 타고 출퇴근을 하기도 했지만, 추워지면 작가님의 차를 타고 집 근처에서 내렸다(사실 대부분의 날이 추웠다). 함께 차를 타고 가는 15분 동안 우리는 그날 방송이나 차에서 흘러나오는 타사 방송을 소재로 이야기를 나눴다. 그날 방송의 연장선이 되는 대화들이었다.

그러나 작가님의 차에서 내려 집까지 걸어가는 길에는 자주 방황했다. 두 시간 동안 주고받은 이야기들이 생방송이 끝난 뒤에서야 팽팽히 차올랐기 때문이다. 그 상태로 집에 들어가 침대에 누우면 심장이 뛰는 기분 때문에 좀처럼 잠에 들 수가 없었다.

그래서 종종 근처 호수공원에 들렀다. 산책을 하며 사람들이 모였다 흩어진 자리를 조용히 정리했다. 그제야 그날 방송의 여운이 조금은 가시는 듯했다.

사랑에 대한 관점은 사람마다 다르다. 누군가는 사랑을 주는 마음에 더 큰 가치를 부여하기도 하고, 누군가는 받는 것에 중요한 가치를 부여하기도 한다. 그렇다면 내가 몸담았던 밤 10시의 라디오 프로그램과 나의 관계는 어땠을까. 두 가지 모두가 아니었을까. 내일도 또 만나고 싶은 마음. 누군가에게 위로가 되길 바라는 마음. 위로를 주면서 나까지 위로를 얻어가는 마음.

라디오를 그만두면서 나는 언제까지나 라디오 PD를 지망하는 사람일 것이라고 생각했다. 그 마음은 지금도

변함이 없다. 라디오와 청취자만 한, 라디오와 제작진만 한 관계를 또 찾기란 어렵다는 사실을 알고 있기 때문이다.

라디오를 그만둔 지금, 가끔 지나간 방송을 듣다 보면 기분이 이상해진다. 나는 그날 그 방송을 만들기 위해 출근해서 일을 하고 DJ의 목소리가 흘러나오는 스튜디오에 앉아 있었을 것이다. 오늘은 이런 일들이 있었어요, 수많은 이야기를 펼쳐놓는 청취자들도 거기에 있다. 다들 어떻게 지내고 있을까. 문득 궁금해진다.

우리의 주파수가
새로이 자리를 잡는 곳

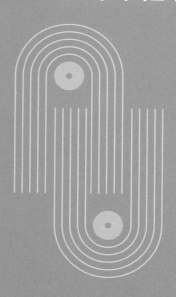

김효진은 또다시 퇴사를 하고, 고민을 시작한다. 좋아하는 일을 하는 것에 대하여. 강지수는 비슷한 업종으로 이직한다. 그리고 스스로 자라난 이유를 본다. 이 일을 계속할 이유.

슬슬 감정에 관리가 필요할 땐 거야

○ 구원찬 〈감정관리〉

ㅎㅈ 친한 친구 중 하나가 퇴사를 앞두고 있어요. 수습 기간이 끝났대요. 정규직 전환을 하지 않고 자유의 몸이 되기로 했어요.

예전부터 그 회사에 대한 이야기는 꽤 많이 들었어요. 대기업은 아니지만 괜찮은 연봉을 주는 회사라고. 제 친구는 원래 대기업 공채를 오래 준비했는데요, 공채 문이 자꾸 좁아져서 일단 일이라도 시작해보자 하고 계약직이든 뭐든 여기저기 옮겨 다니며 일을 하고 있는 상황이에요. 거기가 아마 세 번째 회사였던 것 같아요.

사실 친구는 공채에 대한 미련을 못 버린 상태라서 다니면서 준비하려고 했대요. 그래도 처우가 꽤 좋아서 몇 개월 다녀보다가 괜찮다 싶으면 열심히 다녀보는 걸로 생각했겠죠. 그런데 다니다 보니 이거 영 오래 못 다니겠다 싶더랍니다.

이유를 들어보니 일을 시작하고 '내가 여기서 뭐 하는 거지?'란 생각이 들었대요. 입사할 때 들었던 직무와는 다른 일을 시키더라는 거죠. 그래서 자주 무기력해졌고요. 그러니 자꾸 회사 동료들이 눈엣가시처럼 느껴지고, 회사에 있는 것 자체가 끔찍해져 퇴사 생각이 들었다고 하더라고요. 대기업 공채 준비하던 것도 미련이 남고요. 안 그래도 친구가 거기 붙어서 출근한다고 말한 지 한 달 정도 되었을 때 제게 이렇게 말하더라고요.

"나 여기 나가야겠다."

저도 이직한 지 며칠 지나지 않았을 때였어요. 그때 친구한테 그랬어요.

"그래도 조금만 더 다녀봐. 하다 보면 괜찮을 수도 있잖아."

연봉도 연봉이지만 정기적으로 열리던 대기업 공채가

수시 채용으로 바뀐다는 소식이 많이 들렸잖아요. 실제로 그렇게 뽑는 회사도 생겼고요. 그래서 친구가 또 취준한다고 고생할까 봐 걱정되기도 했고, 다니다 보면 정말 길이 열릴지도 모른다는 생각이 들었거든요. 친구가 자주 이직을 했지만 따지고 보면 곧 경력 만 2년, 3년 차가 되기도 해요. 어디로든 이직하기 딱 좋은 연차.

그런데 요즘은 제가 퇴사 애기를 해요. 웃기지 않나요? 퇴사 생각을 시작한 건 언제부터였는지, 흠, 정확한 시기를 짚을 순 없지만 회사 분들하고 점차 대화를 많이 하기 시작하면서부터인 것 같아요.

회사 분들이 저를 나쁘게 대한 건 아니고요. 얘기를 나누다 보면 예전에 뭘 했는지, 앞으로 뭘 할 건지 이런 얘길 자연스럽게 하게 되더라고요. 그런데 선배들은 다 당연하게 1~2년 뒤에 제가 우리 회사에 없을 거라고 생각하는 거예요. 그분들의 맥락은 이런 거죠. "지금은 정규직이 아니니 정규직으로 일할 수 있는 데 가야 하지 않겠어? 새로 준비해봐야지." 한 번도 아니고 정말 꾸준히요.

그런 질문에 자주 노출되다 보니 제가 잘못된 존재가 된 것 같았어요. 옳지 않은 길을 가고 있는 건가? 스스로에게 물어보기도 했어요. 마구 되물어보다 질문에 잠식되는 날에는 이런 결론이 도출되었습니다. 나는 무능하구나. 더군다나 진행상 문제로 업무가 주어지지 않은 날이 꽤 많았거든요. 제가 어떤 말도, 어떤 일도 할 수 없는 날이 길어지면서 문득 이런 생각이 드는 거예요. 나는 왜 이 회사에 출근하고 있는 거지?

제가 한 달 반 정도 하릴없이 출퇴근하면서 생각해보니까요, 저는 제가 일하지 않을 때 무능하다는 생각이 들고 우울해지더라고요. 그래서 2월 한 달간 좀 우울했어요. 저는 일에서 느끼는 효능감이 중요한 인간이란 걸 또 깨달았습니다. 3월이 되고 여러 업무를 맡아서 괜찮아지긴 했는데, 이게 달이 바뀌어서 괜찮은 건지, 일을 시작해서 괜찮은 건지 잘 모르겠어요. 돌이켜보면 후자인 것 같네요.

휴, 이렇게 글로 투덜대봤자 무슨 소용이 있겠습니까. 일단은 제게 주어진 업무를 성실히 해내기로 했어요. 몇 시간 동안 편집기 위에 놓인 것들을 보고 있으면 정말 아무 생각이 안 들더라고요. 퇴사도, 이직도, 우울감도요.

나는 젊은이, 곁눈질에 익숙한 젊은이

○ 유하 〈젊은이〉

ㅈㅅ 효진 씨의 고민이 뭔지 이해돼요. 저도 일하다 무능하다는 기분이 들 때 제 10년 치 삶의 조각들을 속속들이 헤집어서 좋지 않은 평가를 내리는 나쁜 습관이 있거든요. 최대한 생각을 말랑말랑하게 해보려고 노력 중이에요.

저는 관계라든지, 중독적인 것에 의존하기보다는 효능감에 의지하는 것이 좋다고 오랫동안 믿어왔거든요. 그런데 요즘에는 효능감만이 저를 안전히 떠받쳐줄 것이란 믿음 또한 조금 위험하지 않나 하는 생각도 들어요. 그런 생각과 함께 떠올랐던 질문이 있어요. 정말 잘 사는 게 무엇일까.

그런 생각이 들었던 건 라디오를 그만둘 때 즈음이었던 것 같아요. 스터디 과제, 일, 공부, 또 공식적인 직장인이 아닌(공식적이라는 표현이 모호하지만) '지망생'이라는 신분 때문에 뒤로 미룰 수밖에 없었던 여러 가지 일들 때문에 그야말로 번아웃이 올 대로 와버렸던 때였어요.

당시 엉망이 된 제 방을 돌아보며 이런 생각을 했어

요. '이것들'을 내려놓을 수는 없을까? 조급한 마음을 조금 내려놓고, 아침에 밥을 만들어먹는 습관을 갖고, 미뤄 왔던 방 정리를 하고, 부모님께 자주 안부 전화를 드리고, 하나의 취향을 가꾸어나가는 하루하루가 나에게 필요한 것은 아닐까?

지금도 고민하는 부분 중 하나에요. 적어도 기자라는 직업에서는, 일과 생활을 적당히 양립하겠단 마음으론 좋은 직업인이 되기 어렵다는 걸 잘 알아요. 잠을 줄여가며 노력하지 않는 스스로를, 좋은 기사를 쓰지 않는 스스로를 긍정하기란 쉽지 않아요. 제가 쓰는 글에는 많은 책임이 따른다는 사실을 떠올린다면 더더욱 그렇고요.

일과 생활이 꽤나 뒤섞여 돌아갔던 지금까지를 보자면, 이 일을 계속 하는 게 맞나, 가차 없는 고민에 빠졌을 수도 있었을 거예요. 심지어 대학생 때의 저는 '아니면 퇴사!'를 삶의 신조처럼 품고 있었는걸요.

그렇지만 지금 저는 작은 기회 앞에서도 고민하고 때론 샛길로 들어서면서 맘 졸이고 있어요. 이직이나 입사나 퇴사나 모든 커리어들이 다 연결되어 있다는 걸 알게 되어서일까요. 장기전을 보고 있는 이상 일에 적당한 에너지를 쏟을 만한 방법을 찾아봐야겠다는 쪽으로 생각을 돌리게 됐어요.

그런데 적당히 에너지를 쏟는다는 게 말이 쉽지, 정말 어려운 일이더라고요. '적당히'의 기준이 사람마다 제각기 다르기도 하고요.

제 기사가 언제나 적나라한 포트폴리오로 펼쳐져 있다는 사실은 '적당히'를 어렵게 해요. 제 이름을 걸고 일을 한다는 사실은 늘 책임감을 안겨다 줘요. 그러나 때때로 취재력이나 문장력 같은 역량이 누군가에게 단숨에 드러날 수 있다는 사실이 부담스럽기도 해요. 제가 이 일을 계속하려는 이상 힘을 빼고 기사를 쓴다는 건 적어도 제 연차에선 불가능한 일 같아요.

요즈음 몇 번의 이직 면접에서도 그걸 뼈저리게 느꼈죠. 면접관이 제 앞에서 휴대폰을 들고 "제가 지수 씨가 썼던 기사를 쭉 봤는데요" 하고 훑더니, "요즘 눈에 띄는 기사가 별로 없는 것 같던데……"라며 가차 없는 공격을 퍼부었거든요.

신입 면접을 보는 곳이었지만 경력자가 절반쯤 되었어요. 경력끼리는 경력이 낮은 것에 안도하는 느낌이었어요.

신입들은 "이렇게 '현직' 분들과 맞붙어야 한다니······"라고 말했지만, 저는 오히려 제 경력이 마이너스가 될 수도 있단 생각을 했죠. 참 색다른 경험이었고, 이 안에 들어온 이상 끊임없이 앞으로 나아가야 한다는 커리어의 무시무시함을 깨달은 순간이기도 했어요.

장기전을 대비하기 위해서는 어떻게 하는 것이 좋을까요. 번뜩 드는 생각은 지속 가능성인데요. 어느 정도 일이 손에 익기 전까지는 모든 걸 뒤로 하고 매진하면 나아질까요? 아니면 지금부터라도 일과 생활의 적당한 균형을 찾아가 보는 게 좋을까요? 머리를 싸매고 고민해도 답이 없어 보이는 건 결국 스스로 답을 만들어야 하는 상황인 거겠죠?

나는 내가 언제 죽을지도 몰라요

○ 김뜻돌 〈삐뽀삐뽀〉

ㅎㅈ '적당히'라는 단어는 어떻게 수행할 수 있을까요? 그게 가능이나 한 일일까요? 항상 안정적인 균형을 맞추며 적당히 사는 일이요. 어쩌면 플러스도 마이너스도 아닌 '0'의 모양이 '적당히'를 정의할 수 있는 상태일지도 모르겠네요. 머릿속에서 '적당히'라는 단어를 적당하지 않게 굴려 보는데 떠오르는 인물이 하나 있더라고요.

저랑 진짜 친한 동생 중에 감정 상태가 0인 애가 있거든요. 저는 항상 플러스 100과 마이너스 100 사이를 격렬하게 왔다 갔다 하는데, 그 아인 정말 '0' 자체라 늘 신기해요. 그 애가 자주 하는 말이 이거예요.

"그런가 보지 뭐."

무심한 것과는 좀 달라요. 저도 관심 없는 것엔 정말 무심하잖아요. 근데 걔는 정말 좋아하는 것에도 평평한 마음을 유지하더라고요. 이모티콘 중 'ㅇㅅㅇ'이 표정과 딱 맞는 아이랄까요.

며칠 전 그 애를 만났는데, 갑자기 제게 이런 말을 하는 거예요.

"사람은 언제 죽을지 몰라."

원래 이런 철학적인 생각을 하던 애가 아닌데 너무 놀라서 제가 곧장 말했어요.

"너 무슨 일 있구나!"

그랬더니 그러더라고요. 요즘 들어 한 다리 건너 아는 사람들이 자꾸 죽는대요. 아파서가 아니라 하루아침에 갑자기 예상치 못한 상황으로요. 그래서 자꾸 그런 생각을 하게 되었대요. 사람은 정말 하루아침에 죽을 수 있구나, 죽음이란 그리 멀리 있지 않구나, 그러니 오늘 하루 내가 행복한 게 정말 중요하구나. 그래서 요즘 자신을 불행하게 만드는 회사에 화가 많이 나는 것 같다면서 막 열을 내더라고요(ㅋㅋㅋㅋㅋ).

결론이 조금 웃기긴 하지만, 그 동생 말 정말 틀린 거하나 없지 않나요? 언제 죽을지 모르는 이 짧은 생을 불행한 상태로 유지하기에는 시간이 너무 아깝잖아요.

저도 그런 생각은 항상 해요. 아무래도 가까운 가족의 죽음을 어린 나이에 마주해서 더 그런 건지도 모르겠어요. 당시에 저는 이런 생각을 했었거든요. 내가 그 사람과 살아온 생보다 그 사람 없이 살아갈 시간이 더 짧을 수도 있겠다. 나도 언제 죽을지 모르니까.

그래서인지 제가 하고 싶은 것, 나를 행복하게 하는 것, 내가 좋아하는 것에 집착하는가 봐요. 그래야 내가 될수 있다고 믿기도 하고요. 언제 죽을지 모르는데 그 짧고 좁은 시간 사이에 싫어하는 일과 싫어하는 사람들을 끼워 넣을 수는 없으니까요.

저는 다시 퇴사를 앞두고 있어요. 지금 회사가 좋은건 사실이에요. 이름 있는 곳이고, 똑똑한 사람들이 여기저기 자리 잡아 재미있는 콘텐츠를 만들고 있어요. 배우고 싶은 선배들이 있고, 이렇게 잘 맞는 동료들을 또 만날수 있을까 싶을 정도로 좋은 사람들이 많아요.

하지만 효능감 없는 직장생활이 이어지고, 거기다 자존감까지 떨어지니 이곳에 머무르면 안 되겠다는 생각이 들더라고요. 동시에 음악 콘텐츠에 대한 갈망이 깊어졌어요. 제가 이전에 말씀드렸듯이 제 커리어 목표는 '음악 콘텐츠 전문 PD 되기'잖아요. 여기에서 가만히 있지 말고 하루라도 빨리 음악 콘텐츠 제작을 배울 수 있는 곳으로 이동하자는 결론이 내려지더라고요.

이직할 곳이 정해졌느냐고요? 전혀요. 하하. 너무 대책 없지 않나요? 유튜브 채널에 '이직과 퇴사, 이렇게 하지 마라!'로 나올 법한 사례예요.

짧은 시간이지만 두 일터를 겪으며 생각한 건, 제가 만드는 콘텐츠에는 음악이 있어야 한다는 거예요. 단 한 톨의 의심 없이 알겠어요. 저는 제가 하고 싶은 걸 해야만 살 수 있는 사람이란 걸요. 뭐가 됐든 제가 잘될 것 같다는 예감이 들어서일까요? 이상하게 음악 프로그램이든 콘텐츠든 곧 만들 수 있을 것 같다는 기대도 생겨요.

혹여나 그런 상황이 제게 주어지지 않더라도 제가 그렇게 되도록 만들 거예요. 이제는 정말 제가 원하는 방향으로, 제가 좋아하는 쪽으로 가려고요. 언제 죽을지 모르는 인생이잖아요. 아무튼 저의 다음 소식을 기대해주세요.

아, 참. 지수 씨는 어떤 선택을 내렸는지 궁금해요.

진짜 이렇게 살면 되나

○ 정밀아 〈어른〉

ㅈㅅ 1인분의 몫을 하는 삶이란 어떤 걸 말하는 것일까 생각해본 적이 있어요. 효진 씨에게도 이 말 언급한 적 있었을 거예요. 그러다 얼마 전 영화 〈미나리〉를 보고 다시 그 생각을 하게 됐어요. 영화에는 불모지에 작물을 심는 사람, 가족이 흩어지고 빚더미에 올라 쫄딱 망할지도 모르지만 최선을 다하는 한 사람이 나와요.

음반 내고, 영화 찍고, 책 내는 등 다방면으로 활동하는 프리랜서 이랑은 그의 에세이에서 이런 말을 했어요. "자신과 함께 이런저런 작업을 하는 자신의 친구들은 늘 담배를 피우면서 '앞으로는 뭘 먹고 살아가야 하지' 하고 고민한다"고요. 그 구절을 읽는데, 아, 이 사람은 진짜 어른이구나 생각했어요. 자신이 선택한 불확실성을 안고서 앞으로 나아가는 사람이요.

안전하고 지속 가능한 삶을 살아갈 기반이 마련되었을 때 1인분의 몫을 하게 되었다고도 말할 수 있을 거예요. 반면 저는 생각이 좀 달라요. 위험을 껴안고서도 자신이 납득할 만한 삶을 찾아갈 용기가 있을 때, 그걸 영위하기 위해 낭만을 버리면서 노력할 때, 그게 1인분의 삶을 사는 것이라 말할 수 있는 것 같아요. 너무 이상적인 생각일까요?

그런 관점에서 회사에 소속되어 있는 저는 1인분의 삶을 살아가고 있는지 스스로에게 자주 묻곤 해요. 늘 커다란 결심 끝에 마음이 가는 쪽으로 움직이는 효진 씨의 에너지가 부럽고요. 효진 씨를 그쪽으로 움직이게 하는 동력이 무엇일지 항상 궁금했어요. 효진 씨는 새로운 곳에서도 멋진 땅을 일굴 것이라고 믿어요.

제 선택이 궁금하다고 했죠? 저는 또 다른 경제지에서 계속 일하는 것을 선택했어요. 처음에는 도저히 퍼즐이 맞지 않는 선택이 아닐까 의심도 했지만, 2년 동안 그야말로 '존버'하다 보니 아주 작은 생각의 갈래들이 생기더라고요.

첫째로 내가 관심 없는 분야여도 계속 들여다보면 어딘가에는 꼭 흥미롭거나 궁금한 지점들이 생긴다는 것. 그런 포인트를 찾으면 일에 속도도 붙고 재미있게 느껴져요.

둘째, 그래서 어떤 사안을 다룰 때 뒤에 있는 여러 함의를 파악하고 싶어졌다는 것.

셋째, 그렇게 하기 위해서는 더 많이 공부해야 한다는 것. 여기서는 더 많이 배울 수 있다는 것.

저는 이렇게 자라난 생각들이 새로운 길을 비추는 신호 같은 것이라고 믿기로 했어요. 그래서 좀 더 계속해보는 방법을 선택한 거예요. 조금 더 호흡이 긴 기사를 쓰는 곳에서요. '어어, 가는 건가?' 하면서 어리바리하게 첫 경제지에 입사했을 때보다는 제 선택의 비중이 커졌고, 그런 점에서 이전보다 당당한 기분이 들어요.

그런데 웃긴 건 이거예요. 말은 이렇게 했지만, 사실 이직 전 일주일의 휴식 기간 동안 거의 잠을 이루지 못할 정도로 많이 고민했어요. 스스로 나름대로의 확신을 갖고 내린 선택이니만큼 생각 또한 많아지더라고요.

고민의 발단은 과거로 시간 여행을 가서 되돌려야 할 일들을 돌려놓고 현실로 오는 내용의 영화를 본 것이었어요. 그날 밤, 잠을 이룰 수가 없었어요. 미래의 나는 지금 내가 내린 이 선택을 후회하지 않을까, 그게 너무 두려웠거든요.

보다 큰 그림을 보고 내 삶을 만들어가야 하는 걸까? 아니면 눈앞에 놓인 작은 길을 따라가면서 길을 만들어가도 되는 걸까? 확신에 찬 듯이 얘기했지만 사실은 저도 아직 모르겠어요. 효진 씨의 선택도 제 선택도 두 가지 성격을 다 갖추고 있겠지만요.

일의 내용뿐만 아니라 커리어 측면에서도 영리한 선택을 내려야 한다는 것이 부담되지만, 오늘은 일요일이니 생각은 여기까지만 하고 그만 자러 가야겠어요.

내보일 것 하나 없는 나의 인생에도 용기는 필요해

○ 자우림 〈팬이야〉

ㅎㅈ 일단 제가 면접 보고 왔다는 소식 전해드립니다. 저번에 말했던 것처럼 원하는 방향으로 가고 있냐고요? 조금 복잡합니다. 제가 지원한 회사가 아니고요, 아는 선배가 추천해준 자리예요. 그쪽에서 음악 관련 콘텐츠 PD를 뽑는데 저와 잘 어울릴 것 같다면서요.

선배가 그 회사에도 저를 강력히 추천하셨나 봐요. 아무래도 경력이 되는 분인데다 그 회사와도 인연이 긴 터라 선배가 완강하게 얘기하니 그쪽에선 어떤 앤데 싶었던 거겠지요. 곧장 연락이 왔어요. 한번 만나보자 하더라고요. 얘기 나누면 좋을 것 같다고.

이 포인트가 중요합니다. 얘기 나누면 좋을 것 같다. 얘기 나누면. 얘기, 나누면. 이 단어 조합을 듣고 전 당연히 '오호라, 외주 미팅 같은 건가?'라고 생각했지요. 왜냐하면 전 이제 자유로운 프리랜서니까요(물론 제멋대로지만요)! 그래서 정말 가볍게 갔거든요. 어떤 일을 할지 이야기를 들어보고 내 능력으로 할 수 있는 업무인지 생각을 좀 더 해봐야겠다 싶어서요.

그런데 이게 웬걸. 회사 문을 열고 들어갔더니만 직원한 분이 저한테 "면접 보러 오셨죠?"라고 하는 게 아니겠어요? 그때부터 눈치 챘어야 하는데…….

아주 크고 넓은 회의실에 들어가 비싸 보이는 의자에 앉으니 면접이 시작되더라고요. 심지어 전 직원이 들어왔답니다. 가족 같은 회사라 함께 어울릴 수 있는지 봐야 한다면서요. 당연히 면접자는 저 혼자였고요.

잘 봤느냐고요? 면접인 줄도 모르고 갔는데 잘 봤을 리가. 아마 심드렁한 표정이 드러났을 거예요. 그래서 저를 추천해준 선배에게 사실 조금 죄송한 마음도 있긴 한데…… 뭐 어쩌겠어요, 그때의 내가 그런걸.

면접관 한 명이 저한테 그러더라고요. 졸업하고 공백기가 정말 길다, 나이는 이미 스물아홉인데 경력은 짧다, 그런데 효진 씨가 잠시 다녔던 기업이나 대학생 때 했던 대외 활동들이 이름 들으면 딱 아는 곳들인데다 쟁쟁하다, 그래서 굉장히 애매한 것 같다. 신입인지 경력인지! 그.것.부.터.가! 애매하다고요.

웃기고 팔짝 뛰겠는 거예요. 솔직히 할 말은 없죠. PD 경력으로 따지면 1년이 안 되는 게 맞으니까요.

그런데 제가 그간 놀고먹은 게 아니지 않습니까? 공채를 얼마나 열심히 준비했는데요. 솔직히 전 언시생들이 세상에서 제일 똑똑하다고 생각해요. 매주 시사 상식 체크하고 작문/논술 몇 편씩 써내기가 여간 어려운 게 아니잖아요. 시사 이슈도 생생하게 따라 잡아야 하고, 그에 맞춰 자기 의견과 주장을 관철하려면 얼마나 공부를 해야 하는데요. 참나, 이 사람들.

면접은 면접이니까 결과는 후에 알려준다기에 네네, 하고 나왔어요. 근데 정말 마음이 찜찜하고 개운하지 않더라고요. 나와서 지하철역까지 걸어오는데 제 자신이 빵가루가 가득 묻은 가래떡 같았어요. 말랑해서 물러 터질 것 같고, 그 와중에 웬 어울리지도 않는 가루들을 잔뜩 묻힌 거람.

그러고선 생각했지요. 날은 이리도 좋은데 내 경력은 애매하고. 햇빛이 내리쬐는 통에 두피에서 겨드랑이에서 등에서 땀이 송글송글 맺히는데 내 경력은 애매하고. 에어팟에서 흐르는 노래는 산뜻한데 내 경력은 애매하고!

그 와중에 웃긴 건, 그런 말을 듣고도 그 회사 복지가 다른 데에 비하면 정말 괜찮으니 붙으면 좋겠다 싶은 마음이 옅게나마 들었다는 거죠. 순간적으로 "씨……" 하면서 욕이 절로 나왔는데, 고개를 돌리니 길가에 노래방이 보이더라고요. 당장 들어가 소리를 고래고래 지르고 싶었어요. 아마 코로나만 아니었으면 곧장 들어갔을 거예요.

제가 노래방에 가면 꼭 부르는 노래가 있거든요. 자우림 4집 타이틀곡 〈팬이야〉예요. 제가 이 곡을 알게 된 건 노래방 때문입니다. 제가 초등학교 6학년 때 자우림 곡을 만날 불러젖혔거든요. 〈매직 카펫 라이드〉는 뭐 말할 것도 없고, 〈일탈〉 〈17171771〉 〈Hey, Hey, Hey〉 정말 많이도 불렀어요.

그렇게 많이 부르다 보니까 레퍼토리가 너무 뻔해지

는 것 같은 거예요(가수도 아니면서 웬 노래 욕심이 그렇게나 많았는지). 그래서 음원 사이트에서 자우림 곡을 막 찾아 들었어요. 오로지 부르기 위해서요. 근데 〈팬이야〉가 부르기에 너무 좋은 거예요. 그래서 정말 열심히 듣고 열심히 불렀습니다. 그게 지금까지 이어진 거예요.

사실 처음 불렀을 땐 가사고 뭐고 그냥 불렀거든요. 나랑 음역대가 잘 맞아서 좋은 곡. 딱 이 생각뿐이었어요. 근데 자꾸 부르다 보니까 노출된 가사가 계속 보이잖아요. 계속 읽게 되고요. 스물여섯 살 땐 부르다가 막 울컥하더라고요. 그때 친한 친구 앞에서 불렀는데, 그 친구도 가사를 보더니 눈물을 보였답니다. 웃기고 참 신기하죠, 음악의 힘이라는 게. 노랫말이 절로 품은 다정함도 그렇고요.

오늘은 〈팬이야〉 가사로 글을 마치려고요. 마침 듣고 있었거든요.

내보일 것 하나 없는 나의 인생에도 용기는 필요해
지지 않고 매일 살아남아 내일 다시 걷기 위해서
나는 알고 있어 너도 나와 똑같다는 것을
주저앉지 않기 위해 너도 하늘을 보잖아

부귀와 영화를 누렸으면 희망이 족할까

○ 심수봉 〈희망가〉

ㅈㅅ 아, 〈팬이야〉가 이렇게 울컥하는 노래였다니.

마법 같은 곡들이 있잖아요. 나이를 먹을수록 가사에 담긴 의미가 더 깊게 느껴지는 곡들이요. 방금 〈팬이야〉 가사를 누가 썼는지 찾아봤는데요, 역시나 김윤아였네요.

신기해요. 분명 김윤아도 인생을 미처 다 알기 전에 이 가사를 썼을 텐데. 알고 있던 걸까요? 어른이 되면 주저앉고 싶은 날도 많고, 남들 몰래 우는 날도 있을 거라고요.

그러다 문득 어른이 아닌 시절의 저도 매일 주저앉고 싶었고, 남들 몰래 울기도 했다는 사실을 깨달았어요. 그러니까 저는 변하지 않은 거겠죠. 어른이 되면 매사에 단단해질 줄 알았는데.

효진 씨도 면접관들의 돌직구에 당하고 왔네요. 이걸 뭐라고 해야 할까요, 솔직하다고 해야 하나. 악의는 없었던 것 같은데, 그래도 그런 말들이 면접자들을 더 괴롭게 하는 법이잖아요. 저라도 그런 말을 들었더라면 집에 돌아오는 길에 더없이 싱숭생숭했을 거예요.

메이저에만 있었는데 경력은 짧다. 만약 효진 씨가 저처럼 한곳에서 오래 버티는 사람이었다면 어땠을까요? 만약 제가 효진 씨처럼 (비교적) 빠르게 결정을 내리는 사람이었다면 어땠을까요? 어떤 면에서는 늘 반대되는 결정을 내리는 사람으로서 부러운 마음 반, 걱정스러운 마음 반이에요.

사실 저는 일주일에 한 번쯤 그런 생각을 하곤 해요. 뭐 유치한 말이지만요. 졸업 즈음부터 계속 일을 해왔던 사람으로서 경력을 쌓는 대신 시험에 집중했다면 이름만 대면 아는 회사에서 일할 수 있지 않았을까. 당연히 머릿속 행복회로를 팽팽 돌려주면서요.

실현되지 않은 가능성을 상상하는 일은 괴로워요. 저는 이제 '알 만한' 회사에 가고 싶단 생각은 덜 한다고 생각해요. 더 배울 수 있는 곳, 워라밸이 나은 곳, 성취감을 느낄 수 있는 곳, 같이 일하는 사람들이 좋은 곳 정도가 판단 기준이 되었어요.

그런데 메이저에 가고 싶은 마음이 백 퍼센트 비워졌느냐 하면, 그건 아니더라고요. 회사 이름은 데면데면한 사람들에게 가장 직접적인 꼬리표가 되니까요. 명함을 건

네주고 떨떠름한 반응을 얻을 때마다 이것이 내 최선일까 하는 생각을 사실은 무척 자주 해요.

일을 하는 이상 메이저가 아니라는 사실을 의식하지 않기란 불가능해요. 게다가 언론사라면, 방송국이라면 얼마나 아는 체하기 쉽나요. 경제지에서 기자를 하고 있다고 하면 많은 사람들이 자신 있게 "매경?" "한경?" 하고 물어요. 당연히 둘 중 하나겠지, 라는 표정으로.

경력이 찼을 때 주어지는 사다리도 다르단 생각이 들어요. 아무래도 큰 회사에서 시작하면 배울 수 있는 게 더 많지 않을까요? 작은 회사에서는 스스로 고군분투하지 않으면 못 얻는 것들을 큰 회사에서는 자연스럽게 배울 가능성이 크니까요. '(혼자서) 진짜 열심히 했던 사람'이라는 딱지보다는 '메이저 출신'이라는 딱지가 강력하다는 사실이 분해요.

20대와 30대 사이에 걸쳐 있는 지금, 유난히 그런 고민들이 많아지는 것 같아요. 내게 확실하게 남는 꼬리표들을 움켜쥐는 게 중요할까, 혹은 있는 곳에서 최선을 다해야 하는 걸까. '실력'이나 '노력' 같은 계량이 불가능한 지표들이 과연 도움을 줄까. 그러다가 제발 성숙해지자고 되뇌는 날도 있어요. 언제까지 좋은 회사 타령할래, 네가 좋은 사람이 되어야지 하고요.

그런데 성숙해진다는 건 뭘까요? 본인에게 유리한 선택지들을 재빨리 잡아챌 수 있는 능력? 아니면 그 반대, 거기가 어디든 있는 곳에서 최선을 다하는 마음?

저는 요즘 전자의 삶에 대해서도 자주 생각하고 있어요. 그렇게 살아오지 않은 저를 가끔씩 탓하기도 하고요. 효진 씨가 이전 글에서 '웬 어울리지도 않는 가루들을 잔뜩 묻힌' 모습이란 표현을 썼는데, 그래서 꽤나 그럴 듯한 가래떡이 되었다면 아주 대단한 일이라고도 생각해요.

우리는 아마 아주 세련되게 유리한 선택지들을 잡아 내는 사람들은 아닌 것 같네요. 효진 씨는 좋은 회사에 들어가서도 일찍 관두고, 저는 내심 더 큰 회사에서 일한다면 어떨까 생각하며 고군분투하고.

성격이 운명이라던데요. 아직 운명을 논하기엔 너무 이른 나이겠죠? 효진 씨가 새로 터를 잡는 회사는 더 좋은 곳이었으면 좋겠네요.

난 지금 행복해 그래서 불안해

○ 혁오 〈TOMBOY〉

ㅎㅈ 오랜만이네요. 새 일터에 적응하느라 그랬다고 변명을 해봅니다. 면접 때 제 애매한 경력을 운운한 회사는 아니에요, 다행스럽게도요.

글을 쓰는 지금을 기준으로 말씀드리면 딱 2주 출근했습니다. 2주면 이 회사가 어떻다, 우리 팀이 어떻다, 내가 앞으로 잘할 수 있나 없나 파악하고 글로 전할 수 있다고 생각했어요. 첫 출근 날에 든 생각은 팀 분위기 참 좋다, 였어요. 계속 웃게 되더라고요. 다행이다 싶었습니다.

근데 괜히 불안한 거 있잖아요. 이러다 또다시 내가

괴로워지는 상황을 맞이하게 되면 어떻게 하지, 하며 움츠리게 되더라고요. 아, 제가 어디에 들어갔다고 말하지 않았네요. 저 다시 방송국에 입성했습니다. 그래서 더 불안했어요. 한번 겪어봤잖아요. 방송 제작 환경을요.

방송국 그만두고 콘텐츠 회사로 옮겨갈 때 분명한 이유가 있었어요. 전에도 말했듯 저는 일을 할 때 제 주체성이 발현되어야 하고, 참여도가 높아야 하고, 효능감이나 고양감 같은 게 느껴져야 해요. 방송국을 떠난 것도 방송국의 구조가 그런 걸 느끼기에 적합하지 않다는 판단 때문이었고요.

그런데 그거 아시죠, 좋아하는 일을 하면 그래도 버텨볼 만하다는 것. 이번에 제가 참여하게 된 프로그램이 음악 라이브 프로그램이거든요. 제가 늘 하고 싶다고 노래 부르던 거요.

제 목표 노트에 적은 '음악 콘텐츠 전문 PD 되기'가 현실이 되려는지 운이 좋게 음악 프로그램 조연출로 일할 수 있게 되었어요. 비록 2주밖에 근무하지 않았지만 좋아하는 것 곁에 머무르는 삶은 더할 나위 없다는 걸 깨닫는 중입니다. 주말 출근에도 기운 나고 편집실에서 영상을 훑는데 웃으면서 몇 번 더 돌려보게 되더라니까요. 좋은 음악이 흐르는 영상을 누가 멈출 수 있겠어요.

그래서 방송국에 다시 들어온 것이 크게 신경 쓰이지 않을 정도로 나름 괜찮은 일상을 보내고 있답니다. 며칠 동안은 괜히 불안하고, 그 불안함의 근원을 알 수 없어 울적하기도 했지만요. 이렇게 울적한 나날들에도 같이 일하는 사람들은 참 재미있고 좋더라고요.

며칠 전에 친구를 만나서 이런 말을 했어요.

"음악 프로그램에서 일해서 좋고, 같이 일하는 사람들도 너무 재밌어. 그런데 마음 한구석이 괜히 불안해. 내가 이직을 많이 해서 그런가?"

친구가 그러더라고요.

"너 괜히 지레 겁먹고 있는 거야. 그냥 즐겨."

친구 말이 맞아요. 제가 지레 겁을 먹고 있나 봐요. 지금 당장은 음악 프로그램에 소속되어 매일 음악을 들으며 영상을 만들 수 있다는 사실이 뿌듯하고 행복해요. 그리고 지금의 일이 앞으로 제가 더 멀리 나아갈 수 있는 발판이 되길 바라고요. 언젠가 이 일도 권태로워질 수 있겠지만, 앞서 말했듯 좋아하는 일을 하면 업무에서 오는 권태로움은 좀 버텨볼 만하잖아요.

그리고 잘 버틸 수 있을 거예요. 제 인생에서 음악이 지겨워진 적은 없으니까요.

길을 잃기 위해서 우린 여행을 떠나네

○ 좋아서하는밴드 〈길을 잃기 위해서〉

ㅈㅅ 저도 오랜만이네요. 좋아하는 일을 곁에 둘 수 있는 직장이라니, 부러워요. 새로운 곳에서는 효진 씨의 에너지를 맘껏 분출할 수 있었으면 좋겠다.

그런데, 맞아요. 1~2주 다닌 것만으로 직장을 파악하기는 어려울 거예요. 기자로 전직한 지 1년 정도 되었을 때 라디오에서 함께 일했던 작가님을 뵌 적이 있어요. 자신만만하게 "저 벌써 1년 됐어요!"라고 하니 너무나 차분한 목소리로 "응, 겨우 분위기 파악 정도 했을 때겠네"라고 하시더라고요. 작가님의 식견을 전적으로 믿어왔던 저로서는 별수 없이 아, 그렇구나, 그런 거구나 하고 생각할 수밖에요.

저는 요즘 계속 사무실로 출퇴근하고 있어요. 직장인인데 당연한 거 아니냐고 하겠지만, 기자는 회사 출근이 많지 않아서 회사가 위치한 곳에 자주 가는 일은 드물고, 회사 위치도 크게 구애받는 편은 아니거든요. 오히려 출입처가 어디냐에 따라 그쪽에 더 자주 가게 되는 것 같아요. 증권 쪽을 취재한다면 여의도에 자주 갈 테고, IT 쪽을 취재한다면 판교에 갈 일이 많을 테고요.

저는 입사한 지 얼마 안 되어 아직까지는 매일 회사로 출퇴근을 하며 눈도장을 찍고 있어요. 그래서 사무실이 있는 여의도라는 곳과도 서서히 친해지고 있고요.

몇 주 동안 회사에 출퇴근하며 약소하게 파악한 여의도 사람들은 이래요. 점심시간에 대개 줄을 서서 밥을 먹는다는 것, 점심시간마다 길에서 골프 연습장 전단지를 받는다는 것, 어느 날에는 출근길에 여의도역 안에 있는 약국에서 숙취 해소제를 사간다는 것 등등.

최근에 한 사람을 만났어요. 여의도에 있는 회사에 다니는 사람인데, 저와 사회생활 연차가 비슷해 이런저런 이야기를 나누게 됐어요. 그 사람은 어렸을 적부터 주식 종목 보는 걸 좋아했고, 그래서 경제학을 전공했고, 지금도 시장 트렌드를 파악하고 어떤 것들이 돈이 될지 보는 일을 좋아한다고 했어요. 점심시간에는 같은 업계 사람들과 만나 주식 종목 얘기를 하면서 "어? 나도 그거 관심 있는데, 너도?"라면서 순수하게 즐거워한대요.

저는 여의도 사람들이 몸담고 있는 이 시장을 취재한 지 얼마 되지 않았고, 이 동네 문화라든가 용어라든가 하는 것들도 정말 천천히 익혀가는 중이어서 그 사람과 대화하기 위해 내가 알고 있는 내용들을 탈탈 털어 넣었어요. 잘 알지 못하는 골프 얘기까지.

그런데 친해지다 보니 제가 부심을 부리고 있더라고요. 아시죠, 정말 좋아하는 거 얘기할 땐 어깨 힘 빡 주고 거들먹거리게 되는 것. 음악 얘기를 할 때 제가 좀 그런가 봐요. '말해봤자 알겠어?' 라는 표정이 얼굴에 막 드러난다는데, 막상 말을 하는 저는 제가 그러고 있는지도 몰라요. 얼마나 재수가 없을까요.

그런데 제가 그 사람 앞에서도 그 '음악 부심'을 부렸다는 거죠. 사실 이 부심도 웬만하면 나오지 않아요. 아예 이 주제 자체를 꺼내지 않는 경우가 많거든요. 근데 그 사람은 제 거만한 표정을 단숨에 읽더니 이렇게 말하더라고요.

"나도 너만큼 음악 좋아하거든?"

알고 보니 그 사람과 저는 음악이라는 접점을 갖고 있더라고요. 만약 이 일을 안 했다면 어떤 분야에서 일하고 싶으냐고 물어봤더니 "엔터테인먼트"라는 대답이 돌아올 정도로 이쪽에 애정과 관심이 많은 사람이었거든요. 특히 엔터 흐름을 읽고 앞으로 사람들이 좋아할 만한 것, 뜰만한 것들을 찾는 데 꽤나 일가견이 있다고 자신하고, 관련 종목에도 늘 관심을 기울이고 있다고 했어요.

그러나 어쨌든 저는, 저와 여의도 사람인 그 사이에 큰 차이점이 있다고 생각했어요. 저는 이전부터 큰돈이 안 될 것들을 만드는 사람들한테 애정을 가져왔거든요. 쉽게 눈에 띄지 않더라도 자신의 메시지와 방향성을 잃지 않는 사람들, 또 그런 사람들이 만드는 결과물에 귀 기울여왔었죠. 그래서 말했어요.

"그게, 비슷한 거 같긴 한데 진짜 달라."

그런데 거기서도 은근한 부심이 느껴졌는지 그 사람이 또 반기를 들더라고요. 제가 여의도 사람들에게 편견 아닌 편견을 갖고 있는 것 아니냐고요. 자신의 음악 사랑도 '찐사랑'이라면서요.

　물론 저희는 달라요. 음악과 엔터를 어떤 관점에서 좋아할 수 있느냐고 묻는다면 수십 수백 갈래로 갈릴 거예요. 거기에는 각자의 가치관이 투영돼 있을 거고요. 그런데 그 사람이 지적한 건 아마 이런 거겠죠? 그는 "여의도 사람들도 다 똑같아"라고 말했어요. 현실을 위해 자신의 진짜 관심사를 덮어두고 살아가서 그렇지 다 비슷비슷한 사람들이라고요. 그건 그래요. 어쩌면 저는 애초에 여의도 사람들과 저 사이에 두꺼운 선을 그어놓고 바라봤는지도 몰라요.

　재미있고 긴장되고 여전히 머릿속이 바쁜 나날이에요. 오늘이 낮이 가장 길다는 하지라는데, 저는 이 여름이 쭉 이어졌으면 하는 생각이 드네요. 저는 이렇게 지내고 있습니다. 효진 씨는 어떻게 지내고 있나요?

OUTRO

우리의 음악

이 노래를 모르는 사람과는
사랑에 대해 논할 수 없어요

ㅎㅈ "이 노래를 모르는 사람과는 사랑에 대해 논할 수 없습니다."

확신에 찬 목소리였다. 노래 한 곡에 사랑이 가득 차 있다는 듯한 그런.

웃기는 소리라고 생각했다. 음악을 좋아하지만 노래 하나가 모든 걸 알려주기란 쉽지 않다. 아니, 그럴 수 있다. 충분히 그렇다. 그 사실을 외면한 건, 고백하자면, 나는 그 당시 그를 좋아하지 않았다. 탐탁지 않아 했다는 표현이 맞겠다.

〈푸른 밤〉이라는 라디오 프로그램은 나에게 안정제였다. 왁자지껄한 프로그램들이 한바탕 제 역할을 하고 지나가면, 활기가 사라진 곳에 〈푸른 밤〉이 조용히 찾아와 스며들었다. 주로 차분한 이미지를 가진 아티스트들이 DJ석에 앉아 청취자와 소통하고 자신의 음악 취향을 밝혔다. 그 시간대 청취자들이 으레 그러하듯 〈푸른 밤〉 DJ의 취향은 청취자들의 취향에서 크게 벗어나지 않았다. 결계를 친 채 '우리들만의 세상'을 꾸리면서 두 시간 동안 다정히 속삭였다.

그래서 아이돌 그룹 멤버가 〈푸른 밤〉을 맡는단 소식이 들려왔을 때 팔짱을 꼈다. 당시 아이돌 DJ는 주로 저녁 시간대에 목소리를 들려주었다. 대개 활달하고 밝았다. 심야 시간대 프로그램을 진행하더라도 두 시간 내내 밝은 분위기를 유지하는 프로그램을 주로 맡았다. 마음에 어둠한 자락도 없을 것처럼 말이다. 나에게 〈푸른 밤〉 DJ는 마음 한편에 아무도 모르게 숨겨둔 어둠 하나 정도는 공유할 수 있는 사람이어야 했다. 그러니 아이돌이 〈푸른 밤〉 DJ를 맡는다는 건 당시 내게는 일어나서는 안 되는 일이었다.

그 DJ가 확언하며 튼 노래는 스티비 원더의 〈Ribbon In The Sky〉였다. 노래 전체를 지나는 건반 소리가 살가운 데가 있었다. 조심스럽지만 다가가고 싶은 마음이 확고히 느껴지는 멜로디. 그 위에 얹어진 가사도 그랬다.

If allowed may I touch your hand
당신의 손을 잡을 수만 있다면

And If pleased may I once again
괜찮다면 다시 잡아도 될까요

So that you too will understand
당신도 이해할 수 있을 거예요

There's a ribbon in the sky for our love
우리를 잇는 리본이 하늘에 있는걸요

스티비 원더가 내뱉은 가사를 곱씹은 것도 아니다. 그 곡을 다 듣고도 '이 노래를 모르는 사람과는 사랑에 대해 논할 수 없다'던 말이 무슨 뜻인지 정확히 이해할 수 없었다. 그런데 이상하게 이 노래를 들은 후 그가 말하는 것들에 더 집중하게 되었다.

자정이 오면 그는 보이지 않게 묶어둔 우울과 어둠을 종종 풀어놓았다. 가끔은 비관적인 모습을 보여주다가도 어느 날에는 한없이 장난스러운 모습으로 함께 웃기도 했다. 무엇보다 그는 듬쑥한 사람이었다. 그가 건넨 말의 조각들에는 그가 읽고 보고 부른 모든 것들, 깊게 고뇌한 시간, 그리고 삶이 깃들어 있었다.

그렇게 그는 매일 밤 찾아와 내가 가진 편견들을 다정히 거두어갔다. 그래서 그가 자신의 철학을 아낌없이 나누며 손을 내밀 때, 주저하지 않고 그의 손을 잡았다. 그가 나에게 배어들었다.

그가 마지막으로 DJ석에 앉던 날, 그의 울음소리를 따라 나도 눈물을 흘렸다. 이상했다. DJ를 처음 보내는 것도 아니었는데, 슬픔과 두려움이 섞인 감정이 내 속 어딘가를 쿡 찌르는 기분이었다. 다시 돌아오겠다고 약속하는 그의 말에도 그를 다시는 보지 못할 것 같다는 이상한 예감이 들었다. 우리 둘을 묶어주던 연약한 리본이 한 번에 툭 잘

려버릴 것만 같은 불안감마저.

그 뒤로 한동안 나의 자정은 빈칸이었다. 불규칙적으로 그의 목소리가 떠오를 때면 유튜브를 항해하며 그의 흔적을 찾았다. 재치 있는 게스트들과의 토론을 가장한 끝장 만담, 몇 번의 계절이 지나도 지워지지 않는 웃음소리, 노랫말로 다시 태어난 이야기들. 그 속에서 그의 목소리는 다채로운 빛깔을 뿜어내고 있었다.

그때마다 나는 나의 낙서를 떠올렸다.

그가 DJ 자리를 지키고 있던 어느 날, 카페에 앉아 고개를 돌리니 벽면에 낙서가 가득했다. 뭐에 홀린 듯 나도 무언가 적어야 한다는 생각이 들었다. 내가 앉아 있던 카페는 방송국 근처에 위치해 있었고, 곧 그의 목소리가 들릴 시간이었다. 기묘한 이끌림에 펜을 들고 또박또박 적었다.

푸른 밤, 종현입니다.

쓰는 와중에도 나 지금 뭐 하고 있는 거지, 누가 내 손을 실로 묶어 조종하고 있는 건가 싶은 생각이 들었다. 그럼에도 멈추지 않고 온점을 찍었다. 몰래 좋아하는 마음을 나도 모르게 고백해버린 기분이었다.

오랜 시간이 흐르고 그를 위해 흘리던 눈물이 조금씩 그칠 무렵, 그때의 낙서를 다시 마주했다. 한 권의 책 속에서였다. 라디오 PD인 저자는 나의 낙서를 보고 "짝사랑하는 사람의 이름처럼 어떤 라디오 프로그램의 제목을 적는 사람이 있다(장수연의 《내가 사랑하는 지겨움》)"며 사진 한 장을 수록했다. 수많은 낙서 사이 내 글씨가 뚜렷하게 적혀 있었다.

내 앞에 홀연히 당도한 그의 이름을 빤히 바라보다 음악 플레이어에 'Ribbon In The Sky'를 입력했다. 노래가 흐르는 동안 그의 생각을 이었다.

그는 〈Ribbon In The Sky〉를 모르는 사람과 사랑에 대해 논할 수 없다고 했지만, 〈Ribbon In The Sky〉를 질리도록 듣는 나는 여태껏 사랑이 무엇인지 모르겠다. 그런데 종종 그의 목소리를 찾아 듣고, 그의 말을 따라 걷고, 그와 잠시나마 이어질 수 있었던 연약한 리본을 찾아 헤매는 이 모든 과정이 사랑이 아니라고는 말하지 못하겠다.

바다가 나를 끌어당길 때

ㅈㅅ 음악이 필요한 순간이 있다. 소리가 필요한 순간이 있다.

보통은 어떤 진공을 메우기 위함이다. 데면데면한 사람을 옆자리에 태워 차를 몰아야 할 때, 라디오를 켜고 대화 소재를 찾았다. 토요일 밤을 혼자 보내는 방법을 몰랐을 때, 그래서 가라앉는 마음을 스스로 달래주지 못했을 때, 나는 으레 내 맘 같은 쓸쓸함을 노래하는 곡들로 도망쳤다. 음악으로 마음의 빈 곳을 채워갔다.

서울에서 제주도로 적을 옮긴 경험은 음악이 갖는 힘을 더욱 강하게 일깨워주었다. 내가 서울에서 중학교로 이사를 간 것은 중학교 2학년 때. 지금이야 제주도로의 이주가 하나의 로망으로 자리 잡았지만 그때는 그렇지 않았다. 친구들과 생이별을 해 아는 사람 한 명 없는 외딴섬으로 옮겨가는 것, 내겐 그 이상의 의미를 갖지 못했다.

우리 가족은 몇 번의 태풍을 겪으며 제주에 적응해갔다. 처음 태풍을 맞닥뜨렸을 때는 차 밑바닥이 물에 잠겨 도로에 두고 와야 했고, 그다음 태풍을 마주했을 땐 학교의 야자수가 뿌리까지 뽑혀 밑동을 드러낸 다소 섬뜩한 모습을 봐야 했다. 그런 시간을 겪으며 우리는 서서히 제주도에 적응했다. 자른 앞머리를 정수리 위로 자비 없이 쓸어 올리고 휘젓는 제주도의 바람에도 서서히, 조금씩 익숙해져갔다.

그래도 우리는 '육지'에서 온 사람들이라고 제주를 구경하는 데 참 부지런했다. 그것이 우리의 낙이었다. 고집스럽게 바다만 좋아했던 우리 가족은 점차 산길의 매력을 알게 됐다. 못 먹던 회도 좋아하게 됐다. 가장 좋은 여행은 그저 제주 마을 구석구석을 걷기라는 점도 알게 됐다.

무엇보다 좋아하게 된 것은 제주의 밤바다였다. 엄마는 "밤에 가면 잘 안 보이니까 낮에 갔다 오자"라고 말했지만, 나는 틈만 나면 밤바다를 보러 가자고 엄마를 졸라댔다. 밤의 바다는 수많은 관광객들이 찾는 낮의 바다와는 너무도 다른 얼굴을 하고 있었다.

밤바다를 끼고 해안도로를 달릴 때면 꼭 음악을 챙겼다. 낮고 조용한 목소리로 노래하는 곡들이 대부분이었다. 왁자지껄한 낮에는 귀 밖으로 떨어져나가는 노래들. 밤의 바닷가에서는 조용하게 한 음 한 음 읊조리는 진심을 다 알 것 같았다.

　나는 종종 가족과 인연을 맺게 된 애월의 한 펜션에서 하룻밤을 묵는 호사를 누렸다. 바다가 내려다보이는 곳이었다. 펜션 사장님은 우리가 오면 늘 숯불에 고기를 구워주셨는데, 나는 늘 가장 먼저 방에 올라왔다. 고기를 굽는 곳이 너무 추웠고, 어른들의 대화에는 전혀 흥미가 일지 않았기 때문이다.

　방 안은 무척 어두컴컴했다. 수평선 너머로 보이는 오징어잡이 어선의 등불만이 어둠을 밝히고 있었다. 나는 부러 작은 노란색 조명등만 켠 채로 화장대 앞에 앉아 가만히 거울을 보았다. 뭘 할까 생각하다가 나는 이내 침대에 누워 천장을 바라보았다. 그러면 창문 밖의 애월 밤바다가 거센 중력으로 나를 침대 아래로 끌어당기는 것만 같았다.

　그때 알았다. 어느 하나 더한 것 없이 날 것의 자연 앞에서는 세상의 끝을 보는 듯한 두려움이 느껴진다는 사실을. 나는 그 방에 혼자 누울 때마다 성급히 음악을 찾았다. 마치 어둠 속에서 빛을 찾듯이. 그렇게 하지 않으면 견딜 수 없을 것 같았다.

그날 내가 경험한 제주도를 그대로 담아낸 앨범이 있다. 서울에서 제주도로 적을 옮긴 후 11년간의 공백 끝에 일곱 번째 앨범을 낸 장필순 씨의 〈Soony7〉이다.

난 항상 혼자 있어요
슬픔의 밤은 늘 그래요
여기저기 뒹구는 우울한 물음들

이 앨범에 담긴 노래 〈난 항상 혼자 있어요〉다. 이 곡은 내게 인적 드문 마을에 홀로 불을 밝히고 있는 오래된 주택을 떠올리게 한다. 어두컴컴한 바다 너머의 오징어잡이 어선 불빛을 떠올리게 한다.

어릴 적의 나는 매일 음악의 힘을 빌려 살았다. 음악은 오늘도 누군가에게 그런 힘을 주고 있을 것이다. 빠져나올 길 없는 어둠 속에서 헤매고 있는 사람에게 빛이 되어 주고 있을 것이다.

삶은 매일 방송되는
라디오 같은 것

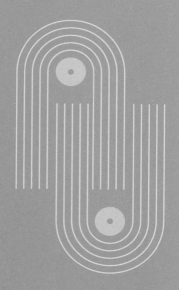

김효진은 업무에 익숙해지며 안정감을 느끼다 문득 솟아난 의문에 고개를 튼다. 강지수는 새로운 직장에 서서히 적응한다. 매일 새로운 사람들과 새로운 세계를 본다.

이만큼이나 왔는데 모르는 게 더 많아

○ 이민기 〈영원한 여름〉

ㅎㅈ 여름이네요. 한 해도 벌써 반이 지났고요. 6개월 뒤면 나이 앞자리가 바뀐다는 것 알고 있나요? 사실 나이라는 걸 실감하지 않고 사는데, 얼마 전 일기를 쓰다가 문득 그런 생각이 들더라고요. 벌써 한 해도 반이 지났고, 나도 스물아홉으로 6개월이나 살았구나. 이만큼 더 살면 서른이 되는구나.

그날 끄적인 일기의 주요 생각은 이런 거였습니다. 스물아홉으로 6개월 살아보니 하고 싶은 걸 다 하고 살고 있다. 음악 프로그램을 제작하고, 음악 평론도 쓴다. 스물여덟엔 하고 싶은 것들, 갖은 이상과 큰 목표로 가득했는데 이젠 그런 게 하나도 없다. 앞으로 하고 싶은 게 없다. 해온 걸 계속한다. 할 것이다. 아마 앞으로도 큰 관심사의 변화 없이 이렇게 쭉 살겠지.

뭐, 이렇게 쭉 산다는 게 부정적인 뜻은 아니었고요. 이제 안정기에 접어들겠구나 싶은 마음이었어요. 하고 싶은 게 없다는 건 좀 어색했지만요. 슬픈 이야기는 아니에요. 전 언젠가 이런 마음을 꼭 가지고 싶었으니까요.

다만 걱정도 버릇이라고, 이렇게 살면 되는 건가 싶은 마음이 불쑥 들기도 합니다. 이렇게 살아도 되는 걸까. 그냥 이렇게 마냥 살아도 되는 걸까. 안정적이고 걱정 없는 마음을 끌어안아도 되는 걸까. 요즘 가장 큰 고민이 단발을 하느냐 마느냐일 정도니까요. 이런 상태가 굉장히 낯설어요. 이런 적이 여태 한 번도 없었으니까요. 정말 답 없는 고민을 사서 하고 있습니다.

생각해보니 제가 6개월 동안 새로운 사람들을 많이 만났더라고요. 지수 씨도 알잖아요, 전 정말 내향적인 사람이고 웬만해선 모임에도 잘 나가지 않는 사람이란 걸. 불편할 만한 관계가 생길 구석을 웬만하면 차단해버리는 사람이라는 걸요.

그런데 올해는 이직으로 인한 주변 환경의 변화로 새로운 사람들을 (어쩔 수 없이) 만난 걸 제외하고서라도 소속돼 있는 매거진이나 사이드 프로젝트를 통해 인터뷰를 나갈 기회가 꽤 있었고, 취향이 맞는 사람들과 절친한 사이가 되었어요. 감사하게도요.

인터뷰가 아무래도 자기 얘기를 깊이 나누는 자리다 보니, 대화를 하다 보면 인터뷰이가 속내를 술술 털어놓게 되잖아요. 그럼 인터뷰어인 저는 인터뷰이가 어떤 가치관을 가지고 있고, 삶의 궤적을 어떻게 그리고 있는지 파악할 수 있고요. 그렇게 새로운 세상을 많이 마주했더라고요. 이런 삶도 있구나 하고요. '삶에는 정답이 없다'는 당연한 진리를 또다시 되새김질하면서요.

취향이 맞는 사람들과는 이전부터 알고 지냈지만 섣불리 다가서지 못했는데, 올해는 이상하게 먼저 연락하고 싶고 다가가고 싶더라고요. 당연히 대화는 잘 통했어요. 음악을 좋아하는 친구와는 LP바에 앉아 맥주를 벌컥벌컥 마시며 서로 좋아하는 음악 장르에 대해 신나게 떠들었고요. 책과 글을 좋아하는 친구와는 각자의 마음을 뺏긴 문장을 나누며 서로의 마음을 주고받았지요. 취향 덕분인지 가치관도 비슷해서 고민을 쉽게 털어놓기도 했고요. 대화하는 동안 제게 던진 말들을 단서 삼아 친구들이 구축해온 세상을 재미있게 탐구하곤 했습니다.

그러니까 전 올해 여름까지 이 짧은 기간 동안 새로운 세상을 참 많이 탐험했고, 그 속에서 많이 배우고 좋은 이야기도 듣고 좋은 말도 하면서 그렇게 지냈더라고요. 덕분에 조금 안정적인 걸까 싶기도 해요.

그런데 왜 이렇게 모르겠는 걸까요. 앞으로 뭘 꿈꾸며 살아야 할지 모르겠어요. 사실 꿈꾼다고 해서 다 이뤄지는 게 아니란 걸 너무 잘 알기에 더 그런 걸 수도 있고요.

처음엔 요즘 인풋이 없어서 그런가 보다 했어요. 책이나 영화를 챙겨볼 시간이 많이 줄었고, 그래서 내 속에 무언가를 채우고 싶나 보다 했지요. 근데 책을 읽어도 영화를 봐도 그저 그래요. 그냥, 모르겠네요.

얼마 전에 유재석이 한 인터뷰에서 이런 말을 했더라고요. 웬만해선 목표를 갖지 않는다고요. 그냥 주어진 일을 열심히 할 뿐이라고요. '유느님'이 말씀하신 대로 그냥 그렇게 살면 되는 걸까요? 그 말엔 굉장히 공감하지만, 그

건 유재석이라 그런 게 아닐까요? 유재석이니까 매일 주어진 일이 있고 그게 어떤 의미나 삶의 가치로 각인될 수 있는 게 아닐지, 문득 그런 생각이 드네요.

혹시나 하고 말해요. 제 걱정은 크게 안 해도 돼요. 이 글 안에서 치열하게 고민하는 척하지만 금방 잊어버리고 금세 어느 미용실에서 8년 만의 단발머리를 맞이할지 고민하고 있을 거예요.

파도같이 내게로 그냥 그렇게 와요

○ 정윤 그리고 현서 〈파도〉

ㅈㅅ 효진 씨 글을 읽고 가만 생각해봤는데, 우리 참 희한한 사람들인 것 같아요. 기어코 찾아낸 안정 속에서도 만족할 줄 모르고 계속 질문을 던지고 있으니까요.

안정 뒤에 따르는 의뭉스러움이 뭔지 저도 잘 알아요. 그런데 효진 씨를 보며 그런 생각이 들었어요. 효진 씨가 지금 어떤 과정 위에 서 있는 것 같다는 생각이요. 아주 명백하게, 좋아지는 과정이요. 저는 뮤지션들이 쓴 가사를 보면서 비슷한 생각을 했었어요.

샘 김의 〈무기력〉이란 곡이 있어요. 예전에 제가 제작하던 라디오 프로그램에 샘 김이 출연해서 "이 곡은 슬럼프가 왔을 때 만든 곡"이라고 말한 적이 있었거든요. 샘 김은 이 곡에서 부르고 싶은 노래가 없다면서 긴 슬럼프에 대해 노래해요.

같은 시절을 겪었기에 어떤 마음인지 너무 알 것 같았죠. 그런데 이상하게 들으며 미소 짓게 되는 기분 아세요? 아, 이 사람은 이 슬럼프를 아주 잘 극복할 거야. 이건 이 사람이 겪어야 할 하나의 과정이지. 언젠가 이걸 넘어서서 훨씬 멋진 사람이 되어 있을 걸 알아. 이런 생각에서요.

브로콜리너마저의 〈변두리 소년, 소녀〉라는 곡도 떠올라요. 곡에 등장하는 '너'는 자신에게도 날개가 있는지, 그렇다면 왜 볼 수 없는지 걱정하는 사람이에요. 그런 '너'에게 '나'는 말해요. 언젠가 너는 내가 차마 쳐다볼 수 없을 만큼 빛이 날 거라고. 너는 멀리 날아갈 거라고.

물론, 효진 씨는 안정 뒤에 찾아오는 지금의 의문을 긍정적으로 여기고 있는 것 같아요. 저도 최근 비슷한 생각을 했어요.

효진 씨는 새로운 세상을 마주하는 게 좋다고 했죠. 제가 이 일을 하면서 좋아하게 된 감각 중 하나는 스스로가 흐려진다는 거예요. 스스로에 대해 너무 많은 생각을 할 수가 없는 거죠. 왜냐하면 당장 눈앞에 해치워야 할 과제가 산적해 있고, 또 저 멀리 보이는 세상에서 늘 새로운 사건이 발생하고 있다는 걸 알아야 하니까요.

누군가에게는 바깥의 일들을 바삐 살피는 게 당연한 일일 거예요. 그동안의 저는 늘 제 마음 한구석에서, 제가 경험한 것들에서 무언가를 발견하려고 했었어요. 그러려면 하나하나 의심의 눈초리를 던져야 했죠. 알 수 없었던 세상에 대한 답을 어쩌면 제 우물 안에서 얻을 수 있을 거라 생각하고 스스로를 관찰 대상으로 여겼던 거예요. 그래서 안정을 찾으려는 마음에 대해, 사랑받고 싶어 하는 마음에 대해, 평판을 신경 쓰는 마음에 대해, 서서히 바뀌어가는 어떤 가치관에 대해 끊임없이 되물었죠.

그러나 지금은 밀려오는 파도에 몸을 맡길 수밖에 없는 상황이 됐고, 그래서 저는 역설적으로 여태껏 보낸 여름 중 가장 안정적인 여름을 보내고 있어요.

얼마 전에는 처음으로 서핑을 다녀왔어요. 효진 씨도

아실지 모르겠지만 저는 엄청난 몸치예요. 특히 균형 감각을 잡는 신체 기능이 열등해요. 반신반의했지만 역시나 서핑보드에서 일어서기는커녕 물만 잔뜩 먹고 돌아왔어요. 게다가 거꾸로 뒤집힌 보드에 몇 대를 맞았는지, 난생처음 입술이 터지는가 하면 코가 퉁퉁 붓질 않나, 왼손 엄지손가락은 한동안 굽히지도 못하는 신세가 됐어요. 이쯤 되면 제가 얼마나 몸치인지 아시겠죠. 저만 한 사람도 없을 거예요.

그래도 뭍에 도착해서 물기를 탈탈 털고 다시 보드를 들고 바다 안쪽으로 걸어갔어요. 보드는 생각보다 무거웠고 조정하기 쉽지 않았어요. 바다 한가운데로 들어갈 땐 보드로 파도를 꾹 누른 채 걸어가야 해요. 그런데 어차피 또 못 일어서고 보드한테 두드려 맞을 걸 알면서도 걸어가는 그 기분이 너무 좋은 거예요.

어쨌든 저는 바다 안쪽으로 걸어가고 있었거든요. 한 오십 번쯤 넘어지고 두들겨 맞으면 보드에서 일어나는 날이 올 거라는 확신도 있었고요. 어쩌면 제가 지금까지 해왔던 것들이 서핑 비슷한 것이었고, 앞으로도 바다 한가운데로 걸어 들어가는 마음으로 살 수 있겠단 생각이 들었어요.

물론 바다 한가운데로 걸어가기 전에 스스로 결론내리지 못하면 괜히 찜찜해지는 것들도 있어요. 현재 제가 가진 것들이 어디까지가 제 것이며, 어디까지가 다른 사람들이 불어넣은 것인지와 같은.

이러한 안정에 대해서도 종종 되묻고 있어요. 정말 내가 원해서 와 있는 건지, 여기서부터 시작하면 되는 건지. 혹은 시작점이 잘못된 것은 아닌지 하는 의문이 아직도 있어요. 이걸 다 잊고 걸어가는 순간들이 훨씬 중요하다는 걸 알게 됐지만, 여전히 질문하는 습관은 떠나질 않네요.

그런데 단발은 하셨나요? 제법 심각한 이번 글과는 다소 어울리지 않는 이야기지만, 사실 요즘 제 가장 큰 고민은 발레아쥬 염색(탈색으로 명도 차이를 주는 염색 기법)을 하느냐 마느냐 하는 것이거든요. 가슴 정도 기장이면 30만 원은 든다고 해서 머리를 싸매고 있습니다. 이번 여름이 끝나기 전에 질러버리고 싶어요. 효진 씨 말대로 마지막 20대 여름인데요.

아, 울고 싶다. 그냥 돈 많이 벌고 싶다.

우리가 평생을 눈물 흘릴 것도 아니잖아

○ 종현 〈내일쯤〉

ㅎㅈ 지수 씨의 문장을 계속 떠올리고 있어요. 정말 내가 원해서 이곳에 와 있는 것인지, 여기서부터 시작하면 되는 것인지.

우리는 꿈에 좌절하고 원하던 일의 대체재를 찾아 각자의 삶을 꾸리고 있잖아요. 그래서인지 저도 아무렇지 않게 살아가다가 그 질문이 불쑥 솟아날 때가 있어요. 라디오 PD를 향한 마음이 정말 다 휘발된 것일까, 라디오를 꺼두었으니 잊었다고 착각하는 건 아닐까. 그렇다면 그 마음은 잠시 이불로 급히 덮은 것마냥 허술한 모양새 아닐까 하고요.

지수 씨의 의문에 답이 될까 싶어 제가 만난 새로운 세상 중 하나를 소개해드릴까 해요. 봄에 만난 김뜻돌 님이요.

뜻돌 님에 대한 첫인상은 굉장히 강렬했어요. 처음 만나는 날, 뜻돌 님이 저 멀리서 걸어오는데 단번에 '저 사람은 진짜 아티스트다!' 할 정도로요. 제가 살면서 한 번도 시도하지 않을 듯한 색채의 옷들과 액세서리를 잔뜩 걸치고 오셨거든요. 두르고 있던 목도리가 여전히 눈에 선해요. 검은색과 하얀색이 섞인…… 키보드 모양이었답니다.

그래서 저는 생각했습니다. 뜻돌 님은 하고 싶은 걸 다 하고 사시나 보다 하고요. 정말 자유로운 영혼이다. 그런데 그 짐작은 그리 오래가지 않았어요. 제가 뜻돌 님에게 "어떤 키워드를 주제로 이야기 나누고 싶으세요?"라고 물었을 때 "위대한 포기요"라고 답하셨거든요.

뜻돌 님은 어릴 적 첼로를 배웠다고 했어요. 첼로라는 악기를 정말 사랑하셨대요. 아시다시피 지금은 기타를 치는 싱어송라이터로, 첼로와는 거리가 먼 '록스타'의 모습이잖아요. 첼로로 입시까지 준비했다고 하더라고요. 그런데 첼로를 켤 때마다 다른 생각이 들었대요. 첼로를 사랑하고 잘 켜고 싶은 욕심은 있었지만 첼로를 연주하는 과정이 괴로움을 수반한 것 같아요. 클래식 곡은 작곡가의 의도가 분명해 연주자의 해석을 쉽게 용인해주지 않는다고 해요. 그게 뜻돌 님에게는 억압으로 작용했나 봐요.

그렇게 첼로를 포기하기로 결심하던 날 펑펑 울었다고 하더라고요. 헤어진 연인을 떠나보낼 때처럼요.

뜻돌 님은 '포기'에 대해 이렇게 말씀하셨어요. 뭔가를 해내는 것보다 뭔가를 포기하는 게 더 어렵다고요. 꿈을 향해 달려가는 과정이 힘든 게 아니라 실제로 내가 하고 싶었던 게 별게 아니라는 걸 깨닫고 그걸 포기하는 게 더 어려운 일이라고요. 그러곤 덧붙이셨습니다.

"내가 했던 포기를 돌아보면 항상 잘한 일이었다고 느껴요. 내게 좋은 길을 가는 거예요. 내가 했던 선택들은 내게 도움이 되었던 것들이고."

라디오 PD라는 꿈을 포기했을 때, 제가 여태 쌓아온 것들이나 라디오에 대한 마음이 다 보잘 것 없는 것처럼 느껴졌어요. 어디로 가야 할지 갈피를 잡지 못해 힘들어 울었던 건 당연하고요.

그런데 이제 와 돌아보니 그때 시험에서 떨어졌기 때문에 새로이 축을 세울 수 있었고, 제가 원하는 것을 다시금 살펴볼 수 있었어요. 동력을 다시 손에 쥔 건 당연하고요. 음악 콘텐츠를 만들고 싶은 마음, 더불어 음악에 대한 글을 쓰고 싶은 마음도요.

아직은 "목표 달성!"이라고 완벽히 말할 순 없지만, 직감적으로 느껴져요. 전 나에게 좋은 길, 내가 울지 않아도 되는 길을 가고 있다는 것을요. 언제까지 울고만 있을 순 없잖아요.

최선을 다해서 포기 최선을 다해서 좌절

○ 9와 숫자들 〈최선〉

ㅈㅅ 제가 너무 좋아하는 뮤지션이 나누고픈 주제가 있느냐는 말에 곧바로 '위대한 포기'를 이야기했다니. 의외였어요.

뜻돌 님이 포기를 두고 돌아보면 항상 잘한 일이라고 느꼈다고 했죠? 저도 그래요. 한곳을 바라보고 있던 시선을 거둘 때 더 넓은 곳을 바라볼 수 있다는 점도 좋은 것 같고요. 포기 한 번 없는 삶이라니, 얼마나 단조로울까요.

효진 씨가 제 글을 보고 가끔씩 기존의 꿈을 덮어둔 건 아닌지 고민해보았다고 했죠. 그런데 만약 모든 게 계획했던 대로 순탄하게 흘러갔다고 해도 고민은 있지 않았을까요? 사람은 충분히 간사하니까요.

포기에 관한 얘길 듣고 제가 지금 포기하고 있는 것들이 무엇일까 생각해보았어요. 먼저 저는 잘 아는 사람으로 보이는 것을 포기했어요. 잘 아는 사람이어야 한다는 것이 얼마나 건방진 생각인가 싶어요. 그것만큼 불가능한 일이 없는데요.

친구에게 왜 선배만큼 일하지 못할까, 하며 고민 상담을 하니 이런 대답이 돌아왔어요.

"네 연차에 선배만큼 하려는 게 오만한 생각 아냐?"

'오만하다'는 표현이 비수처럼 날아와 꽂히더라고요.

지금은 잘 아는 사람으로 보이고 싶다는 생각 대신 궁금한 게 많은 사람이 되고 싶단 생각을 해요. 좋은 질문을 던지는 건 여전히 어렵지만요.

모른다는 사실을 부정하면 자꾸 상황을 피하게 돼요.

그러지 않으려고 애쓰고 있어요. 사람들과 만나는 일도 조금 더 편하게 생각하려고 해요. 제 약점도 솔직하게 드러내려 노력하고요. 기자라는 일이 좋은 이유 또한 '모른다'는 사실에서부터 시작할 수 있다는 점 아니겠어요.

그래도 가끔 궁금할 때가 있죠. 세상이 어떤 곳인지. 정말 이 사회라는 곳이 '잘 모르는 사람'을 받아들여줄 여력이 있을까? 이 점이 특히 궁금해요. 가끔씩 취재를 할 때나 미팅에 나갔을 때 모르는 얘기가 들려오면 '아, 더 공부해 봐야지' 하고 뒤로 물러서곤 하는데, 그게 어쩌면 피하는 자세일 때가 많다는 생각을 해요.

사람의 본성에 대해서도 생각해요. 사람들은 '뭘 아는 것 같은 사람'과 바보로 보일 수 있는 위험을 감수하고라도 '모르는 걸 묻는 사람' 중 어떤 사람에게 더 마음을 내어줄까? 아직 모르는 것투성이인 저는 후자라고 믿고 싶지만, 이렇게 행동하는 데는 정말 용기가 필요해요. 생각이 없다면 돌직구로 나갈 수 있겠지만, 무지에 대해 인식해버리는 순간 이렇게 행동하기란 쉽지 않거든요.

물론 무슨 일이든 공부하고 많이 알기 위해 노력해야 하는 건 기본 중의 기본이에요. 잘하기 위해서는 더 노력하는 수밖에 없어요. 그런데 이런 생각을 하면 사람들이 좀 냉정하게 느껴져요. 세상은 내가 생각했던 것보다 냉정한 곳일지도 모르고, 실력 혹은 다른 관습이나 기준에 근거해 누군가를 평가하고 끌어주는 곳일지도 모르죠.

하지만 반대로 생각해보면 마음이 조금 누그러져요. 부딪치며 성장하는 과정을 용인해주는 것이 사람의 본성이라면, 모를 때는 좀 대놓고 몰라도 되는 것 아닐까. 뒤로 숨지 않고 부딪쳐버리면 어떨까. 저 사람이 내 질문을 듣고 한숨을 쉬더라도 열 번씩 전화해서 물어봐버리면 어떨까.

요즘 친구들로부터 듣는 이야기가 있는데 이것만큼 기분 좋은 말이 없어요.

"네가 스스로에게 더 솔직해진 것 같아."

솔직해지는 게 이렇게 좋은 일이었다니. 진즉에 그럴걸! 좀 더 내려놓고 포기하고 있는 그대로의 나를 이야기하다 보니 훨씬 재미있는 일이 많이 생기던걸요.

이런 변화는 제가 한 번 큰 '포기'를 했기 때문에 가능한 것이 아닐까 생각해요. 저는 늘 원하던 모습에 스스로를 끼워 넣으려 애쓰고, 그렇게 되지 않을 때마다 스스로

를 괴롭혀왔거든요. 물론 20대에는 어느 정도 버리지 못
하는 욕심을 갖는 게 자연스럽고, 그래서 힘든 시기이기
도 해요. 하지만 안 되는 것들을 인정하고 솔직해질 수 있
다는 사실은, 나이가 드는 것을 점점 더 좋아하게 만들어
주는 일 중 하나일 거예요.

사실 저는 저의 무지를 있는 그대로 받아들여주었던
사람들로부터 이미 많은 도움을 받고 있어요. 처음부터 완
성형인 사람이 어디 있나요. 그래서 더 뻔뻔하게 모르려고
요. 그리고 내년의 소원은 제발 자기 객관화가 잘되는 사
람이었으면 좋겠다는 거예요. 내가 어느 정도 알고, 어느
정도 모르는지 정확히 파악만 해도 정말 좋겠다. 그러면
언젠가 누군가에게 도움을 주는 사람도 될 수 있겠죠.

언젠가 찾아올 나의 행복 위해 다시 일어나서 걷겠어

○ NY물고기 〈다시 일어나서 걷겠어〉

ㅎㅈ 얼마 전에 모르는 번호로 전화가 왔어요. 마케팅 동의든 개인 정보 제공 동의든, 갖가지 연유로 제 번호가 지구촌 곳곳에 뿌려진 상태라 모르는 번호로 전화가 오는 상황이 낯선 건 아니에요. 그런데 그날 제 휴대폰 화면에 뜬 건 010으로 시작하는 일반적인 번호였어요.

몰아치던 업무가 한바탕 끝난 상태였어요. 녹화 명단에 80명 가까이 적힌 스태프들 중 한 사람은 분명 아닐 터였어요. 팀별 대표 번호는 저장해두었거든요. 그 번호로만 연락을 주고받고요. 그렇다면 오후 4시경 아무렇지 않게 전화를 거는 이 번호는 대체 누구의 소유일까. 이어지는 생각을 끊고 곧장 전화를 받았어요.

"여보세요?" 하고 첫 마디를 떼니 상대 쪽에서 묻더라고요.

"김효진 씨 맞으시죠?"

너무 익숙한 어투였어요. '우리가 김효진의 지원서를 읽었고 면접을 보고 싶은데, 내가 지금 전화를 건 당신의 번호가 그 김효진의 번호가 맞느냐는 뉘앙스. 수차례 지원을 하고 수차례 면접 전화를 받아본 저로서는 단번에 눈치 챌 수 있었지요.

문제는 제가 근래에 그 어떤 지원도 하지 않았다는 점이에요. 조연출로 일하고 있는 프로그램에 적응을 마친 상태였고, 꽤 만족도 높은 생활을 이어가고 있었거든요. 저번에도 그랬잖아요. 안정적이고 걱정 없는 마음을 끌어안고 있는 게 걱정이라고요. 혹시 어디 이벤트에라도 당첨된 걸까 싶었죠. 어디 이벤트에 응모한 기억은 없는데…… 잠결에 응모했을 수도 있고 뭐, 정말 혹시 모르잖아요.

역시나 제 첫 침작이 맞더라고요. 제 지원서를 읽은

건 아니고 제 글을 읽었다고 했어요. 누군가에게 저에 대한 이야기를 들었고, 매거진에 올라간 제 글들도 한 차례 읽어봤다고요. 괜찮으면 현재 올라와 있는 회사 공고에 지원해줄 수 있는지 물어보더라고요. 면접을 봤으면 좋겠다면서요.

전화를 끊은 뒤 공고 사이트에 들어가 그 회사의 이름을 쳤어요. 이름난 회사인데다 업계에서도 알아주는 곳이라 그런지 많은 지원자가 하트를 눌렀더라고요. 차분히 공고에 담긴 글을 읽어보았습니다.

"콘텐츠 기획, 유관 부서와의 커뮤니케이션, 콘텐츠 제작 참여." 공고에 쓰인 주요 업무는 지금 제가 하고 있는 일과 크게 다르지 않았어요. PD도 콘텐츠를 기획/제작하고, 하나의 콘텐츠를 만들기 위해 외부 업체와 꾸준히 커뮤니케이션을 해야 하니까요. 제가 각종 업체의 번호를 등록하고 있는 것처럼요.

그런데 요구하는 능력이 조금 달랐어요. 필수 자격 요건에 글쓰기 능력이 있었거든요. 맞아요, 그쪽에서 제안한 포지션은 PD가 아닌 에디터였어요. 그래서 제가 써온 글들을 읽어보고 전화를 준 거예요. 음악에 대한 지식을 겸

비하면서도 자신만의 관점으로 글을 쓸 수 있는 인재를 찾고 있었거든요. 그 모든 걸 한번에 파악할 수 있는 글이 평론이잖아요.

당장은 프로그램이 종영한 상태가 아니라 죄송하다고 할 수밖에 없었어요. 대학 시절 그분의 칼럼을 좋아하며 읽었던 터라 괜히 아쉽고 그렇더라고요. 그런데 어쩔 수 없잖아요, 상황이. 거기다 이제 막 PD라는 직업에 익숙해 지고 있어서 커리어를 갑작스럽게 변경하는 것도 조금 거부감이 들었어요.

그렇게 연락을 나누고 다음 날 아침 눈을 떴는데, 자꾸만 그 공고가 눈에 아른거리는 거예요. 정규직, 회사 복지, 수평적이고 자유로운 조직 문화 등 거기에 적힌 모든 요소가 제 눈 앞에 흐물거리는 모습으로 떠오르더라고요. 면접이라도 본다고 할걸 그랬나, 하는 마음이 설핏 들 정도였어요.

그래서 차분히 제가 일에 대해 가지고 있던 생각들을 정돈해보았어요. 분명 이 생활에 만족감이 큰 상황이었다면 그 공고가 금방 잊혀야 맞거든요. '한 번 아니라고 한 건 정말 아니다' 하는 제 성정에는 그래요. 지금의 생활에 스스로가 불만족하고 있다는 직감이 들더라고요.

곧바로 제가 바라는 업무가 무엇인지 다시 살펴보았어요. 아니, 그 공고에서 제 눈에 띄던 단어들을 골라냈어요. 음악, 수평적 문화, 자율성, 성장, 그리고 정규직. 이 다섯 개의 단어를 기반으로 제가 진정 하고 싶은 일에 대한 질문을 만들어 기준을 세워보았습니다.

하나, 내 손길이 닿은 콘텐츠에 음악이 있는가?
둘, 조직 문화가 수평적인가?
셋, 나의 자율성이 보장되는가?
넷, 내가 성장할 수 있는가?
다섯, 그곳에서 내 미래가 그려지는가?

이 다섯 가지 기준에 제가 지금 하고 있는 일을 대입해보았어요. 확실히 '그렇다'고 말할 수 있는 질문은 첫 번째 질문뿐이었어요. 너무도 확실하게 존재하는 음악. 그거 하나요.

프리랜서로 일하고 있지만 매일 출근하는 방송국이라는 곳은 수직 구조가 명확하잖아요. 그래서 자율성이 보장되기란 힘들어요. 특히 연차가 낮고 정규직이 아닌 경우에는 더더욱 그렇죠. 그러니 성장할 수 있느냐는 물음에 자주 의문을 갖게 될 수밖에요. 여기서 '내 것'을 할 수 있을까 하고 자꾸 묻게 되죠.

언젠가 프리랜서 PD로 일하고 있는 친구에게 그런 말을 한 적이 있어요.

"넌 네가 방송국에서 메인 PD로 일하는 모습이 그려지니? 난 안 그려져."

정말 그랬어요. 분명 어떤 방편으로든 '내 것'을 할 것이라는 믿음은 있어요. 그런데 경력을 쌓아 어딘가에 정규직으로 들어간다 하더라도 그게 방송국은 아닐 것 같다는, 그런 생각이 자주 들었거든요.

꼬리에 꼬리를 물던 생각이 차곡차곡 쌓이다 어디론가 죽 당겨져 스트레칭하는 기분이 들었어요. 그러자 어딘가 개운했죠. 그 개운함과 함께 간단한 결론도 내려졌습니다.

다시 걷자. 움직이자. 나아가자.

쇼는 계속 되어야만 해

○ 보아 〈The Show Must Go On〉

ㅈㅅ 효진 씨의 마지막 문장에 담긴 '나아가자'라는 말에서 밀도 높은 확신이 느껴져 벅찼어요. 이번 제안이 효진 씨에게 꽤나 중요한 이정표가 될 거란 직감이 들어요. '좋아, 이렇게 가보자'라는 확신이 앞으로의 날들을 밝혀주는 느낌이랄까요. 그 제안을 받아들이느냐의 여부와 관계없이 이번 일은 효진 씨에게 꽤나 큰 활력이 될 것 같아요.

그런데 저 효진 씨가 스스로 세운 기준을 보고 감탄했어요. 어쩜 그렇게 명료한 기준을 가지고 움직일 수 있죠? 그중 첫 번째 기준이 음악이라는 점도 인상 깊었고요. 저희를 이어주는 하나의 끈은 역시 음악이구나 하는 확신도 들었어요.

저 또한 음악에 대한 끈을 놓지 않기 위해 애쓰고 있어요. 효진 씨처럼 직업적 활동으로 이어가지는 못하더라도요. 이전에는 정말 싫어했던 아마추어적인 느낌까지도 소중하다, 사라지지 마라, 아끼고 보듬어주고 있어요.

제 어릴 적 꿈이 가수였다고 얘기했었죠? 저는 보아

가 〈아틀란티스 소녀〉를 부를 때 부모님께 "제2의 보아가 될 거야!"라고 당차게 선언하고 소속사에서 열리는 공개 오디션에도 몇 번 나갔었어요. 물론 연락을 받지 못해 압구정 맥도날드에서 햄버거 세트만 몇 번 먹고 돌아왔지만요. 꽤나 진지했던 꿈은 어릴 적 지방으로 이사를 가면서 좌절됐어요.

열정의 아이콘 유노윤호처럼 서울로 와 노숙이라도 했었다면 달라졌을까요? 그럴 용기는 없었던 덕분에 지금 저는 보아와는 전혀 상관없는 삶을 살고 있어요. 하지만 어릴 적 꿈이 한 사람에게 매우 끈질긴 흔적을 남긴다는 것을 깨달을 때가 있어요. 바로 한 달에 한 번 작곡 스터디로 합주실을 찾을 때예요.

이 작곡 스터디에는 정말 다양한 사람들이 있어요. 20대 초반부터 40대 초반까지, 학생부터 직장인까지. 전공도 다 다른데 음악 전공자는 한 명도 없어요. 하지만 공통점이 있어요. 모두 한때 음악하면서 사는 삶을 꿈꾸었다는 것. 서로가 안쓰럽고 애틋한 마음에 한 달에 한 번, 꾸준히 음악생활을 해보자고 의기투합한 거예요.

이런 의도여서 열두 명 중 세 명만 모여도 대체로 그

러려니 했어요. 한 번은 네 명이 모인 적이 있었어요. 어쩌다 보니 네 명 다 20대 후반 이상의 직장인이었는데요, 진지하게 화성학깨나 공부한 사람도 있었지만, 어쨌든 아마추어는 아마추어였죠. 그런데 한두 명의 곡을 듣고 나니 이거 냄새가 나는 거예요. 익숙한 냄새. 제가 대학생 때 흘기던 그 냄새. 직장인 밴드의 냄새였죠.

이 수상한 냄새의 8할은 칭찬에서 나왔어요. 직장인 밴드의 그 느낌, 〈나는 나비〉 같은 한 곡을 우당탕탕 끝내 놓고 서로 "우리 좀 짱이지 않아?" "너 좀 멋있었다" 하는 것 말이에요. 저는 그걸 그토록 못마땅해 했는데, 작곡 스터디를 하는 우리 모습이 꼭 그랬어요. 각자 만든 곡을 발표할 때마다 우리는 칭찬을 쏟아냈어요. 사실 객관적으로는 칭찬할 부분이 없었거든요. 하지만 목소리가 작으면 "목소리가 작은데 힘이 있어요"라고, 조금 늘었다 싶으면 "고지에 올랐네요"라고 칭찬했어요.

그날 제가 들었던 칭찬은, 곡에 대한 것으로는 도저히 끌어낼 게 없었던지 "손을 안 보고 키보드를 치네요! 정말 대단해요!"였어요. 이건 뭐…… 건반 '누를 줄' 아는 게 대단하네요, 와 비슷한 수준의 칭찬이었죠. 칭찬받을 일이 아니란 건 알았는데 수줍게 입꼬리가 올라가더라고요. 저희는 서로 도와주고 있었던 거예요. 서로 어설프다는 건 알지만, 나만 놓으면 끝인 걸 알지만, 얇은 실 같은 꿈을 놓지 말자고 밧줄을 당기고 있었던 거죠.

아마추어는 서로를 칭찬하고, 프로는 서로에게 채찍질을 할 거예요. 때로는 즐거운 아마추어가 되기로 하는 결정이 그 일을 놓지 않게 하는 가장 큰 동력이 되기도 할 거예요.

꿈은 여러 가지 이유로 좌절돼요. 하지만 어떻게든 붙잡아두는 방법은 있어요. 이렇게 말하는 저 또한 가끔 음악 같지 않은 제 자작곡이 너무나 어설퍼서 화가 날 때도 있지만, 실패한 꿈을 아쉬워하며 청승 떨 때보다는 지금이 나은 것 같아요.

뭐, 코로나 때문에 이 모임을 약 2년 동안 못 하고 있다는 사실은 비밀입니다.

맘의 목소리를 따르는 건 작은 걸음이지만 큰 변화야

○ NCT 127 〈Dreams Come True〉

ㅎㅈ 역시 칭찬은 사람을 춤추게 해요. 칭찬에 인색한 시대잖아요. 안 그래도 얼마 전에 친구에게 그런 말을 했어요.

"칭찬에 인색한 시대잖아. 그러니 나라도 칭찬을 많이 하기로 했어."

그러고는 라자냐를 망쳐버린 친구를 한껏 칭찬했습니다. 망하면 뭐 어때, 했다는 게 중요해! 잘했다, 잘했어!

요 며칠간 열심히 채용 공고 사이트를 들여다보았어요. 나름의 기준을 세웠으니 제 다음 행선지를 찾을 차례잖아요. 목표는 프로그램이 종영하는 시기에 맞춰 내년

초부터 출근할 새 일터 구하기. 무조건 맞춰야 하는 데드라인이 있다고 생각하지는 않아요. 만약 프로그램 종영 전까지 다음 일터를 구하지 못한다면 조금 쉬면서 이력서와 자소서에 녹일 스펙과 경험을 재정비할 생각입니다.

당연히 모든 회사가 제가 바라는 조건을 다 충족하지는 않아요. 모든 게 충족되기 힘들다는 것도 잘 알고 있고요. 제가 바라는 회사의 모습을 한 줄로 쓰자면 '수평적인 문화 속에서 음악 콘텐츠를 만들고 정규직으로 일할 수 있는 곳'이어야 하는데, 그렇게 정의될 수 있는 데는 애초에 얼마 되지 않잖아요. 그래서 '자율성이 보장되면서 음악 콘텐츠를 제작하는 곳'이거나 '음악 콘텐츠를 만들고 정규직으로 일할 수 있는 곳' 정도로 조건을 정리했어요. 그다음 차례에 제가 원하는 회사에 경력직으로 지원할 요량으로요.

운이 좋게 제가 가진 것들로 면접 기회를 준 회사가 몇 군데 있었습니다. 그중 딱 한 군데가 제가 바라는 조건에 부합하는 회사였어요. 공고에 지원하고 면접을 보는 시기가 프로그램 종영과 비교했을 때 조금 이른 감이 있었지만, 그래도 기회가 생겼으니 후회 없이 이야기하고 오자고 마음을 다잡았지요. 혹시 모르니까요.

자기소개, 지원 동기, 제가 좋아하는 콘텐츠 같은 간단한 질문이 오갔습니다. 그러다 면접관 한 분이 제 지원서에 눈을 떼지 않은 채 입을 여시더라고요.

"어디 몇 개월, 어디 몇 개월, 그리고 지금 다니고 계신 회사……."

그 순간 눈이 크게 떠졌어요. 지원서에 적은 이력 사항을 하나도 빠트리지 않고 면전에서 말로 읊으시다니!

조금 당황했지만 바로 예상 질문을 떠올렸습니다. "김효진 씨는 왜 이렇게 다 짧게짧게 다니셨나요?" 속으로 몇 번이고 말하던 답변도 같이 되뇌었죠. "전 좋아하는 일을 하고 싶고, 그 일을 할 수 있는, 저와 잘 맞는 곳을 찾느라 그랬습니다. 여기에 지원한 것도 같은 맥락입니다."

솔직히 적어보자면 지금껏 누군가에게 제 이력을 이야기할 땐 항상 움츠러드는 기분이었어요. 눈빛만 봐도 알 수 있거든요. '김효진 쟤는 일 시켜도 금방 관두겠다'며 지레짐작하고 있다는 것을요. 뭔가 시켜보면 잘할 것 같은데, 짧은 경력만 줄 지어 있는 걸 보아 하니 사람 자체에 뭔 문제가 있을 수도 있겠다는 추측도 종종 하는 것 같았어요.

언젠가 제게 같이 일해보면 좋겠다던 선배가 제 경력을 듣더니 갑자기 의자 뒤에 등을 기대며 팔짱을 끼더라고요. 한쪽 입꼬리를 올리다 제 눈을 보며 말했습니다.

"해왔던 이력이 짧은 게 흠이네."

마치 '김효진 씨는 우리와 함께 갈 수 없습니다'라고 말하는 것처럼요.

그러니 그 면접관이 제 이력을 하나하나 읊을 때 어찌 움츠러들지 않을 수 있었겠어요. 바짝 긴장한 상태로 면접관의 다음 말을 기다렸습니다. 그런데 그 뒤에 이어진 말은 제가 준비한 모든 걸 무너뜨렸어요.

"효진 님은 자기랑 잘 맞는 곳을 찾으려고 계속 움직이시네요. 그래서 여기도 지원하셨고요."

그분의 눈을 보며 말했어요. "네, 맞습니다." 부연 설명할 게 없더라고요. 제게 그 말을 해주신 분은 팀장이라고 하셨어요. 제가 입사한다면 함께 일할 팀장님이요. 팀장급 되는 어른이 저연차의 후배가 가진 장점과 인생의 자취를 이렇게나 잘 파악할 수 있는 건가. 꼬리 질문에 대답을 하면서 그런 생각을 했던 것 같아요. 제 자소서와 포트폴리오를 열심히 읽으신 건지, 아니면 대화를 나눠보니 제가 색이 너무 뚜렷한 사람이라 금방 파악하신 건지 이유는 알 수 없으나, 그분과 저 사이에 연결고리가 생긴 기분이었어요.

그래서 조금 아쉬웠어요. 그동안 써온 평론 글까지 포트폴리오에 더 채울걸 하는 생각에서요. 제가 지원서와 함께 첨부한 포트폴리오에는 제가 쓴 평론에 대한 언급은 일절 없었거든요. 제가 쓴 글들이 담겨 있었다면 제가 음악을 다루며 글을 쓰는 이유, 그 속의 이야기들, 제가 바라는 콘텐츠 같은 걸 더 깊이 이야기할 수 있었을 텐데 말입니다.

저는 그동안 회사에서 제가 PD 일 외에 어떤 일을 하고 있는지, 어떤 생각을 가지고 있는지 굳이 입 밖으로 꺼내지 않았어요. 평론을 쓰고 있다고 밝혔을 때 후속 상황들이 제게 불쾌한 방향으로만 흘러갔거든요. "효진 PD는 좋겠네, 이 일 말고도 할 게 있어서"라는 말을 듣기도 했고, "글 쓸 때도 이렇게 일해요?"라며 굳이 제 글을 언급하며 본인의 업무 방식을 강요하던 선배도 있었어요. 그러니 자연스레 저의 또 다른 모습을 숨길 수밖에요.

그런데 면접 자리에서 그런 말을 들으니 이제는 저를 꽁꽁 숨기지 않아도 될 것 같다는 생각이 들었어요. 제가 어떤 일을 해왔는지, 그 속에서 어떤 생각을 정돈했는지, 어떤 것에 심취해 있는지. 그 모든 게 있어야 '나'라는 사람을 더 명쾌하게 설명할 수 있을 테니까요.

아, 면접 결과는 묻지 마세요. 말하는 도중에 꽤 많이 얼버무렸거든요. 그리고 면접이 마무리될 즈음 출근 가능 시기를 얘기하자 면접장 분위기가 2도 정도 차가워졌답니다. 흑흑. 아무래도 이번에는 힘들겠어요.

그러니 자유롭게 네가 되고 싶던 모습이면 돼 천천히

○ 곽진언 〈자유롭게〉

ㅈㅅ 언론인 지망생들의 커뮤니티라고 불리는 포털의 한 카페, 효진 씨도 아시죠? 우리도 그곳의 스팟 스터디 구인 공고를 보고 만나게 됐잖아요.

저는 그곳에서 대면 스터디 네 개 정도를 구해서 들어가 봤던 것 같아요. 운이 좋게 모두 좋은 사람들을 만났고요. 그런 얘기도 언뜻 들었던 것 같아요. 영어 스터디를 구해도 거기서 구해라. 그만큼 타 커뮤니티보다 검증된 사람들이 모인다는 얘기였어요. 타 커뮤니티 활동을 해본 적이 없어서 맞는 얘기인지는 잘 모르겠지만요.

지금은 업계에서 만나는 사람들 위주로 알음알음 인맥을 이어나가는 경우가 많지만, 대학생 때나 취준생 때는 이런 커뮤니티나 스터디를 통해 사람들을 만나는 경우가 많았어요. 제가 숫기는 없는 주제에 새로운 사람 만나는 건 또 좋아하거든요. 그래서 꽤나 오래 몸을 담았던 모임들이 많았죠. 이전에 한 스터디에서 꽤나 오래 프랑스어를 배웠던 적이 있는데, 전공도 관심사도 다 다른 사람들이었던 만큼 지금도 각자의 삶을 사는 모습을 보면 신기하고 재미있어요. 사람은 정말이지 언제나 제게 호기심과 애정의 대상이에요.

사실 딱 한 번 언론인 지망생들 말고 취준생들이 모이는 스터디에 나갔던 적이 있어요. 사기업, 공기업, 스타트업 등 분야를 막론하고 모든 취업 준비생들이 모이는 커뮤니티였는데, 아마 그 포털에서는 규모가 가장 큰 곳이었을 거예요. 당시에 독서 모임이 너무 하고 싶었는데 어디에 나가야 할지 모르겠더라고요. 마침 언시생 카페에 마땅한 모집 글도 없고 해서 덥석 그 카페에 올라온 독서 모임 글을 보고 연락을 했죠.

그런데 막상 모임에 나가고 보니 제 예상과 많이 다르더라고요. 취준생들이 아니라 현직자들이 대부분인데, 뭐 다들 직업이 교사, 변호사, 회사원 등 가지각색인 거예요. 지금 생각하면 그 모임이 어떤 모임이었는지, 그 사람들이 어떻게 모인 건지 상당히 의심스럽긴 해요. 온라인 모임에 이상한 사람들 되게 많잖아요. 어쨌든 당시에 '나는 왜 여기 껴 있나' 생각해봤는데, 저도 직업을 적어놓긴 했더라고요. 라디오 조연출.

첫날 각자 자기소개를 하는데, 저 마치 외계인이 된 듯한 느낌을 받았다니까요. 뭐랄까, 그게 그렇게까지 할 일이야, 하는 느낌이었달까.

라디오? 라디오 좋죠. 누구에게나 친숙하고. 음악? 누구나 좋아하죠. 그런데 그 사람들 눈빛은 단 한 번도 그것을 직업으로 여겨보지 않았고, 그걸 위해 그렇게까지 고군분투를 해야 하는지를 전혀, 1퍼센트도 이해하지 못하겠다는 기색을 담고 있었어요. 제가 그때 월급으로 130만

원을 받고 있다는 사실을 말했더라면 다들 뒤집어지지 않았을까요. '쟤가 어려서 정신이 없네'라고 생각했을지도 모르죠.

그때 느꼈던 것은 크고 단단한 벽이었어요. 제가 추구하는 삶이 누군가에게는 한 번도 상상해보지 못했을 정도로 의미가 없는 것일 수도 있겠구나. 저 또한 반대의 경우 마찬가지일 거고요.

저와 다른 세상을 사는 사람들에게는 늘 관심이 생겨요. 그러나 그 반대편의 세계가 너무나 평면적인 관습으로 가득 찬 곳이라 느껴질 때는 관심이 식어버리곤 해요. 사실 20대 초중반의 제 꿈은 세상의 관습을 다 무시하고 살아가는 것이었다고 말해도 무리가 없을 거예요. 반면 이제 스물아홉 살이 된 저는 여러 관습들이 매혹적인 이유를 이전보다 더 많이 알아요. 제가 시대와 사회의 산물인 이상 거기서 벗어나려는 시도가 꼭 좋은 결과만을 가져다주지 않는다는 것도 알고요.

그렇지만 알고 있다는 사실은 중요해요. 알고 있는 내용을 죄다 쏟아내서 정리가 안 되는 기사보다, 모든 전말을 알고 있는데 이만큼만 드러내는 기사가 훨씬 힘이 있듯이요.

효진 씨의 면접 이야기를 들으며 많은 생각을 했어요. '자기랑 잘 맞는 곳을 찾아서 움직이는 사람'이라는 말에 그렇게나 마음이 움직였던 이유는 뭘까요? 잦은 이직이 새로운 직장을 구할 때 좋지 않을 수도 있다는 사실을 효진 씨가 이미 잘 알고 있었기 때문은 아니었을까요? 동시에 그 말을 들으며 이걸 받아들이고서도 내 방식대로 나아가겠다는 단단한 다짐을 하게 되어서는 아닐까요?

효진 씨와 저와의 차이를 많이 이야기했지만 결국엔 같은 것으로 귀결되는 것 아닐까 생각해요. 모든 것은 나라는 사람을 또렷하게 발견하기 위한 과정이고, 제가 쥐고 있는 것들을 더 명확하게 만들기 위한 과정이라고요. 정답은 많은 문장이 아니라 또렷하고 정확한 한 문장으로 완성될 것이라고 믿어요.

우리 긴 춤을 추고 있어

○ 브로콜리너마저 〈춤〉

ㅎㅈ 여전히 출퇴근을 하며 구직 활동을 이어가고 있는 요즘이에요. 저번에 말했던 면접은 정말 떨어졌어요. 아섭지만 어쩔 수 없지요. 예상했던 바입니다. 상황이 허락하지 않았고, 이왕이면 경험을 더 쌓은 뒤에 부족함을 채워 도전하면 좋겠다고 판단했어요.

그래도 주변 상황이 좋아지려고 하는지, 제가 가고 싶은 회사의 채용 공고가 또 하나 열렸어요. 이곳도 제가 바라는 조건을 갖췄어요. 특이사항이 있다면 구직 사이트로 지원하는 것이 아니라 회사 홈페이지의 채용란에 들어가

지원해야 한다는 점이에요. 그 안에 지원서 폼은 물론이고 자소서 문항까지 일률적으로 나와 있었습니다.

아, 이 익숙한 환경. 마치 방송국 공채 지원서를 쓰는 것만 같더라고요. 그래서 뭔가 신이 났어요. 그런 채용 과정에 웬만큼 적응된 상태이니 쫄지 않고 자신감 있게 쓸 수 있었거든요. 원래 글에는 글 쓰는 사람의 태도가 보이는 법이잖아요. 아니나 다를까, 자소서 문항도 크게 어렵지 않았어요. 이거 승산 있겠구나 싶었습니다. 그리고 며칠이 지났을까. 서류 합격 전화를 받았어요.

면접은 1 대 2로 진행되었어요. 지원자 한 명, 면접관 두 명. 다시 제가 어떤 사람인지 간단히 이야기하고 여러 질문과 답변이 오갔습니다. 그런데 이곳은 지원자의 면면을 세심히 살펴보려 노력하는 게 느껴졌어요. 일반적인 면접 자리에서 물어볼 법한 질문이 적었고, 지원자의 가치관을 엿볼 수 있는 질문들이 많았거든요.

편하더라고요. 저를 숨기지 않아도 될 것 같다는 직감이 들었어요. 제가 써왔던 글, 공채 PD를 준비했던 기간, 일을 시작하고서의 마음, 콘텐츠를 대하는 태도까지 술술 말하게 되었습니다. 면접 자리가 아니라 내 말을 경청해주는 누군가에게 내가 살아온 궤적을 이야기하는 것처럼 느껴졌어요. 끝나가는 면접에 아쉬운 마음이 들 정도로요.

그렇게 면접을 마무리하려던 찰나, 면접관 한 분이 대뜸 궁금한 게 있다며 저를 붙잡더라고요.

"효진 님은 공채에 왜 떨어진 것 같으세요?"

혹시나 싶어 말하지만, 그 말 속에 저를 비꼬거나 기분 나쁘게 할 의도, 무언가 압박을 해봐야겠다는 결의 같은 건 전혀 느껴지지 않았어요. 조금은 난감하고 미안한 기색이 깃들어 있었죠. 그 질문을 제게 던지기 전에 이런 질문 싫어한다고 첨언했거든요.

그러니까 그 질문의 의도는 '이렇게 면접을 수월하게 보는 효진 님이 왜 공채에 붙지 못했을까요?' 하는, 저를 좋게 보고 있다는 메시지 아니었을까. 감히 추측해보자면 그래요. 제멋대로 한 착각이긴 하지만, 그때 그 질문을 받은 제가 기분이 나쁘지 않았거든요. 그래서 그에 대한 제 대답은요.

"저도 그게 의문인데요."

두 면접관이 막 웃더라고요. 사실 웃으라고 말한 건 아니었는데. 전 정말 궁금해서 그런 거였어요. 그 누구도 불합격의 이유를 알려주지는 않으니까요. 뭐라도 말해줬다면 곧바로 반영해서 수정 보완했을 텐데. 그리고 말을 이었습니다.

"일을 시작하고 보니 제 능력 부족은 절대 아니고요, 그냥 그분들이 원하는 후배 상에 제가 안 맞았던 것 아닐까요?"

그 뒤로 몇 가지 질문에 더 답하고 면접은 마무리되었어요.

면접을 끝내고 나오는데 개운하더라고요. 내가 어떤 사람인지, 어떤 일을 해왔는지 숨김없이 말했고, 어떤 생각을 가지고 있는지 낱낱이 보여드렸으니까요. 그리고 가끔 찾아오는 오랜 의문에 내 스스로 답할 수 있는 시간이었잖아요.

제가 정말 좋아하는 말이 있어요. 우리는 'ing'로 살아갈 수밖에 없으니 인생은 춤추는 것과도 같다는. 삶은 목표를 향해 달리는 것이 아니기에 목적과 목표는 그저 춤을 계속 출 수 있게 만드는 동력에 가깝다고요. 인생은 일직선이 아닌 점의 연속, 찰나의 연속이기에 '지금, 여기'에 집중해 춤을 추듯 살라는 아들러의 말이 떠오르더라고요.

저는 항상 목적지를 향해 달리는 삶을 살아왔어요. 목표에 도달하지 못해 왜 공채 PD가 되지 못했는지 자문하고, 그 의문은 존재에 대한 의심으로 번져 항상 절 쫓아왔죠. 그런데 그거 아시나요? 존재에 대한 의문은 어떤 과학적 증명으로도 밝힐 수 없다는 것을요.

예컨대 '왜 살아야 하는가?'라는 물음은 '나는 왜 태어났는가'로 귀결되지요. 그런데 그 어떤 과학자도 인간이 태어난 이유를 알지 못해요. 인간이 '어떻게' 태어났는지에 대해 증명만 할 뿐이에요. 그래서 '왜 사는가?'라는 질문을 꾸준히 스스로에게 던지면 지독한 우울의 수렁으로 빠질 수밖에 없어요. 인간이 살아갈 이유는 '없음'에 가까우니까요.

그런데 이 관점에서 다시 삶의 이유를 고찰해보면, '삶에는 이유가 없다'는 말은 '어떤 이유든 만들 수 있다'는 말로 치환할 수 있어요. 어차피 이유 없는 삶이라면 내가 어떻게 사느냐에 따라 고유의 의미가 생긴다는 거잖아요.

면접 자리에 앉아 질문에 답하면서 하나 깨달은 게 있어요. 순간에 임한 성실한 몸짓들이 내가 '어떻게' 살고 있는지 분명하게 기록되어 '나'라는 사람을 보여준다는 것.

제가 "제 능력 부족은 절대 아니다"라고 말할 수 있었던 이유, "그분들이 원하는 후배상이 아니었을 것"이라고 당당히 답할 수 있었던 근거는 마음이라는 음악을 따라 열심히 움직인 일상에 있지 않나 싶더라고요.

면접 합격 여부에 상관없이 저는 더 이상 저 자신을 의심하지 않기로 했어요. 이제 겨울이잖아요. 곧 새해가 올 거고요. 서른을 앞두고 저의 20대를 돌아보니 제가 걸어온 모든 길들이 한 지점을 향해 있었다는 확신이 들어요. 내가 좋아하는 것, 내가 되고 싶은 모습.

그래서 앞으로는 제가 좋아하는 음악에 맞춰 멜로디를 따라 춤을 추듯 살고 싶어요. 제가 팔을 뻗고 싶을 때 뻗고, 다리를 유연하게 그리듯 움직이면서요. 들리는 곡이 이왕이면 칠Chill한 느낌이면 좋겠네요. 30대에는 보다 여유로운 방식으로 춤출 수 있도록요.

아, 면접 결과는 다음에 만나면 알려줄 수 있겠네요. 기대하세요!

그렇게 후회해도 사랑했던 순간이
영원한 보석이라는 것을

○ 김창완밴드 〈시간〉 (Feat. 고상지)

ᄌᄉ 라디오 조연출과 작가로 일했던 시절을 떠올리면 불쑥불쑥 부끄러운 생각이 들 때가 있어요. 영화 〈봄날이 간다〉 속 라디오 PD와 나를 동일시했다고 해야 할까. 그러니까 여기는 현실인데, 한 꺼풀 씌운 외부인의 시선으로 스스로를 '라디오에서 일하는 나'로 바라볼 때가 있었다는 거죠.

저는 어릴 적에 상상력과 감수성이 아주 풍부했어요. 그것들이 그때의 저를 먹여 살려주었죠. 그래서 라디오 PD를 준비한다고 했을 때, 라디오 작가로 일한다고 했을 때 사람들이 모두 잘 어울린다며 박수를 쳐주었어요. 그런데 막상 사람들과 섞이는 방송국에 가면 그 감수성의 'ㄱ'자도 못 내밀겠는 거예요. 왠지 부적절한 느낌이 들었거든요. 그 기분 아실까요.

오랫동안 밤 10시 음악 프로그램 제작에 참여했어요. 음악이 중심이 되는 만큼 사람들의 감성을 건드리는 일을 하고 있었던 셈이죠. 그런데 효진 씨도 아시죠, 사실 감성을 빚어내는 사람들은 그 감성에서 가장 멀찍이 서 있어야 한다는 사실이요. 그렇잖아요, 그것의 앞뒤를 보고 주물럭거리며 자유롭게 다룰 수 있어야만 적재적소에 필요한 감성을 흘려보낼 수 있는 거니까요.

라디오 PD를 꿈꾸거나 라디오에서 일을 하는 사람들을 떠올려보면 대체로 감수성이 남다른 사람들이 많았어요. 그러나 '방송'이라는 것을 만들 때마다 몽글몽글했던 눈이 냉철하게 바뀌는 모습을 보면서 늘 감탄이 새어나왔어요. 이것이었구나, 내가 모르던 게 이거였구나.

비단 방송에서뿐만 아니라 삶의 여러 부분에서 저는 이런 점을 문득문득 느끼고 있어요. 얼마 전에는 대학 수업 때 읽었던 헨리 제임스의 〈한 여인의 초상〉을 보다가 형광펜을 그어둔 부분을 발견했는데, 깔끔하게 생각 정리가 되는 기분이 들더라고요.

낭만을 품고 있는 주인공 이자벨에게 현실 감각이 뛰어난 친구 헨리에타는 이렇게 말해요.

"낭만적인 삶을 성공적으로 살기 위해서는 영혼을 바쳐야 해. 그런데 그렇게 하는 순간 삶은 더 이상 낭만이 아니야. 그리고 언제나 자신을 만족시킬 수도 없고, 다른 사람의 기분을 거스르기도 해야 해."

결국 낭만을 좇다 보면 필연적으로 낭만이 깨어지는 순간이 온다는 거죠. 그걸 알지 못했던 주인공 이자벨은 몇 번의 잘못된 선택으로 고통스러워하고요.

다만 저는 이렇게 생각하고 싶어요. 낭만이 깨어진 뒤에 찾아오는 낭만이 있다고요. 효진 씨가 말했던 것처럼 순간에 성실하게 임했던 내 몸짓들이 만든 곳. 그곳이 또 다른 낭만이 자리를 잡는 곳이 아닐까 해요. 이제는 스스로와 완전히 합일된 모양으로요. 꿈꾸는 것이 고통인 것을 알면서도 뛰어들었다면, 그 뒤에 얻게 되는 것들이 분명 있을 테니까요.

그래서 능력껏 성실히 살아보려고요. 매일매일 발전할 수 있는 일을 가지게 되어서 정말 다행이라고 생각해요. 이 일이 나를 어디로 데려가 줄 수 있을지 기대가 되거든요.

여유로워지길 바란다고 했지요? 아직까지 여유로움을 갖기란 요원해보이지만, 이전에는 예고편조차 상상하기 어려웠다면 지금은 조금이나마 훔쳐볼 수 있게 된 것 같아요. 저는, 진짜 여유로움은 언젠가 나 포기했어, 하는 마음이 되면 찾아올 것 같아요. 아주 겸손하고 깔끔하게.

그리고 사람들과 함께 흘러가고 싶어요. 그 마음에 다다르기까지는 시간이 걸리겠죠. 그 마음을 갖는다면 저는 어떤 목표를 이루는 것과 관계없이 더 나은 사람이 되어 있을 것 같아요.

노래하는 대로 살진 못했지만

나는 '한 곡 반복'하는 사람이었다. 누군가 내게 꿈을 물으면 주저하지 않고 '라디오 PD를 할 것'이라고 답했다. '하고 싶다'가 아닌 '할 것'이라며 노래를 불렀다.

그래서 항상 마음이 급했다. 하고 싶은 일이 뚜렷하니 달리 계산할 이유가 없다고 판단한 것이다. 목표를 설정했으면 그에 따른 행동을 해야 한다. 누구보다 빨리 뛰는 것이 멀리 가는 길이라 믿었다. 좋은 대학에 입학해 휴학 없는 4년을 보낸 후 최대한 빠른 시일 내에 라디오 공채 PD가 되는 것. 교복을 입은 내가 스스로에게 쥐어준 미션이었다.

하지만 인생이란 생각대로 되는 게 아니다. 나는 첫 번째 수능에서 보기 좋게 미끄러졌고, 1년의 인고 끝에 다시 마주한 수능 시험에서도 예상치 못한 성적표를 받아들었다. 목표로 했던 대학과 거리가 있는 학교에 남들보다 늦게 입학했다. 그래서 남들보다 이르게 졸업해야 한다고 생각했다. 그 소망도 보기 좋게 무너졌다. 우당탕탕 휴학 신청 버튼을 눌러버렸기 때문이다. 3학년 1학기가 시작되기 2주 전이었다.

그럼에도 내 노래는 '한 곡 반복' 중이었다. 3학년 2학기를 앞두고 취업만 빨리 하면 된다는 생각에 취업 전선에 뛰어들었다. 언론사 지망생 카페에서 스터디를 찾았고, 교내 '언론고시반'에도 지원해 매주 수업을 들었다. 그렇게 4학년이 되었고 졸업을 했다. 1년이 흐르고 2년이 흐르고 3년이 흘렀다. 나는 떨어지는 것에 익숙한 사람이 되었다. 음습한 늪을 끝도 모른 채 걷고 있는 기분이었다.

나는 내 꿈이 미웠다. 내 노래는 좌절의 근본이었다. 꿈을 향해 달려가던 모든 과정을 부정하기도 했다. 무언가 열심히 했지만 확실한 결과물로 내놓을 수 있거나 결실을 맺은 게 없으니 여태껏 해왔던 일들은 모두 사소하다고,

아무것도 아니라고 축소했다. 이 책을 쓰기 시작한 스물여덟 살까지 그랬다.

그로부터 1년 반이 지난 지금, 내 지난날을 글로 다시 마주했다. 별것 아니라며 치부하던 것들에 치열함이 깃들어 있었고, 그 모든 움직임들이 성실한 궤적을 그리고 있었다.

나는 결코 이 기록의 기간에만 안간힘을 쓰지 않았을 테다. 보잘 것 없다고 생각하며 어느 기록도 남기지 않은 순간에도 애를 쓰고 있었을 것이다. 이제는 조금 자부할 수 있다. 그 순간들이 모여 지금의 나를 만들었다고.

과거의 나처럼 성실함과 치열함을 부정하며 살아가는 누군가에게 내 이야기가 조금이나마 위로가 되었으면 한다. 노래하는 대로 살진 못했지만, 순간의 편린들이 모여 나의 꿋꿋한 세계를 만들었다.

나는 비로소 내가 쌓아온 것들을 믿는다. 나의 믿음이 당신의 분투에 조금이나마 힘이 되길 바란다.

김효진

꿈은 우리를 어떤 곳으로 이끈다. 꿈이라는 동력은 다른 무엇보다도 강하다. 그것이 설익은 것이었든 철없이 취한 것이었든, 꿈은 어느 정도까지는 우리가 원하는 스스로에 가까워지도록 우리를 이끌어준다.

그러나 꿈은 두 가지 얼굴을 하고 있어서 그걸 포기한 사람들에게는 더없이 냉정하다. "끝까지 포기하지 않는 사람들이 꿈을 이룬다", "당신은 무엇이든 할 수 있다"와 같은 말들은 어떤 이들을 끊임없이 괴롭힌다. 꿈을 이루지 못한 사람들은 과거와 같은 시선으로 스스로를 바라보지 못한다. 차라리 꿈을 꾸지 말걸, 하는 후회도 한다. 애썼던 만큼 끝은 아프다.

라디오 PD라는 꿈을 포기한 직후의 나도 그랬다. 그러나 지나고 보면 라디오를 그만두었던 결정은 단순한 포기가 아니었다. 그럼 그것은 무엇이었을까. '꿈'에 대한 나의 정의가 마음 한곳에서 한층 정확한 모습으로 정리되고 있었던 것에 대한 반응은 아니었을까.

그렇다면 꿈을 어떻게 바라보면 좋을까. 김성희 만화가는 그의 책《오후 네 시의 생활력》에서 이같이 언급한다.

직업은 꿈이 될 수 없다. 직업은 살아가는 방편에 더 가깝고, 꿈은 매일의 살아가는 태도에 더 가깝다.

꿈을 직업으로 해석하지 않기로 결정한 우리들은 한층 다양한 해석의 여지를 손에 쥐게 됐다. 여기서부터 새로운 고민을 시작하면 된다. 이제 모르지 않고, 알고 있는 것들을 손에 쥔 우리들은 어디로 나아갈 수 있을까. 나는 이 질문에 쏟아져 나올 대답들이 궁금하다.

살아가는 방편과 태도를 일치시킨 사람들에 우리 삶을 빗댈 필요는 없다. 우리는 자세를 다잡는 것만으로도 새로워질 수 있다.

가끔 이런 믿음이 고꾸라질 것 같을 땐 그저 우리의 하루하루에 대해 이야기했으면 좋겠다. 이 책이 완성되었듯, 뭉뚱그려지기 쉬운 우리의 하루하루는 책 한 권으로 완성될 수 있는 열정과 성실, 방향성을 찾기 위한 고민과 수많은 노력들로 가득 차 있다는 사실을 기억해주었으면 좋겠다.

강지수

노래하는 대로 살고 싶었지만

좋아하는 일과 현실적 고민 사이에서 방황하는 우리들에게

초판 1쇄　2022년 3월 17일

지은이　김효진 강지수
펴낸이　서정희
펴낸곳　매경출판㈜
책임편집　김혜연
편집진행　이동근
마케팅　강윤현 이진희 장하라
디자인　김보현 이은설

매경출판㈜
등록　2003년 4월 24일(No. 2-3759)
주소　(04557) 서울시 중구 충무로 2(필동1가) 매일경제 별관 2층 매경출판㈜
홈페이지　www.mkbook.co.kr
전화　02)2000-2630(기획편집)　02)2000-2636(마케팅)　02)2000-2606(구입 문의)
팩스　02)2000-2609　**이메일**　publish@mk.co.kr
인쇄·제본　㈜M-print　031)8071-0961
ISBN　979-11-6484-385-5(03810)